月の旋律
暁の風

月《つき》の旋《せん》律《りつ》、暁《あかつき》の風《かぜ》

かわい有《ゆ》美《み》子《こ》

ILLUSTRATION：えまる・じょん

月の旋律、暁の風

LYNX ROMANCE

CONTENTS

月の旋律、暁の風

序章

松明《たいまつ》を持った、荒々しい男達の声が背後から追ってくる。男達の発するまったく知らない異国の言葉が立て込んだ建物の壁に響き、ルカの焦りと恐怖は極限に近い。

見知らぬ暗い街の中を、ルカは月明かりと家々の高い窓から漏れるほのかな灯《あか》りだけを頼りに懸命に走る。

丈夫な身体《からだ》と足の速さは取り柄でもあったのに、ここ数ヶ月ほど馬車に乗せられ続け、ほとんど歩くことのなかった足がもつれる。飛び降りたときにいくらかひねった足首は痛んで、思うようには走れない。

両手首は鉄の鎖で縛られている。夕刻、召使い頭に横殴りに殴られた頭はいまだにぐらつく。それでも、あの窓の高さから飛び降りて動けるのは奇跡に近いのだろうか。

ルカは上半身裸のまま、何度となくつまずいては、転ぶ。転んでも、まだ必死に立ち上がっては走る。裸足の足に石が食い込み、擦《こす》れ裂けた箇所には鋭い痛みが走ったが、それよりも捕まることへの恐れの方がはるかにまさった。

この街の人間達よりも白い肌と、人目を引く金の髪が今は恨めしい。特に金髪は、暗い夜の街でも松明の炎を受けて輝き、かなり遠くからでも目につくらしい。追跡はルカが思った以上に執拗《しつよう》だった。

追っ手の男達は、五人を超えるだろうか。男達には土地勘があるだけに、足を傷めて動きの鈍いルカを囲い込むように、互いに叫びあって連携しているのが感覚的にわかる。

追っ手を撒《ま》こうと入り組んだ道を夢中で走るうち、ルカは三叉路《さんさろ》の先でたまたま目についた狭い路地裏へ、とっさに飛び込んだ。

さっきまでの乾燥した埃《ほこり》っぽい通りとは一変して、妙に湿った場所だった。ルカはその暗がりの中で、足をすべらせてつまずき、壁に身体を打ちつけながらも手探りで逃げる。

何か壁際に積み上げてあったものにぶつかり、ひっくり返した拍子に、ルカは階段のような窪《くぼ》みへドサリと落ちた。

その音でルカの居場所を悟ったらしく、まわりこんできた二人組の男の声が考えていた以上に近くに聞こえた。ルカは考える間もなく、夢中でその暗い階段を下りる。

半地下へと足を踏み込んだせいか、足許《あしもと》の石が濡《ぬ》れている。それでもかまわず、ルカは縛られた腕を壁にあてがい、爪先《つまさき》で階段の縁《へり》を探りながら真っ暗な階段を下りる。

階段は途中で折れて曲がり、その少し先が通路になっているようだった。

自分の荒い息が、壁に大きく反響しているのがわかる。

時折、遠くに自分を探す男達の声が聞こえてくる。捕まれば、他の奴隷への見せしめも兼ねて、手《て》酷《ひど》く痛めつけられることは間違いない。奴隷商人らが言っていたように、熱した焼鏝《やきごて》で焼き印をつけられるのか、目をえぐられるのか。それとも、召使い頭が怒鳴りながら指で示した下働きの男のように、片方の肘《ひじ》から先を切り落とされるのか。

ここで捕まるわけにはいかない、捕まりたくはないと、ルカは疲労と痛みとにガクガク震える足を無理に動かし、懸命に壁を探って、真っ暗な通路を少しでも奥へ進もうと焦った。

暗がりのせいか、焦りのせいなのか、そこはかなり長い通路に思えた。時折、思いもしない箇所に段差があって、さらに一段、二段と下へと下りる。

まったくの手探り、足探りなのでわからないが、段差のない通路も全体的にゆるく折れ曲がりながら、わずかずつ下っているように感じられた。

何度か、濡れた石の床に足がすべりかけるが、それよりも今は男達に捕らえられ、あの屋敷に連れ戻されることの方が恐ろしかった。

恐ろしいどころか、連れ戻されれば、ルカに未来はない。一生、あの屋敷で奴隷として虐待され、飼い殺しにされるだけだろう。それもいつまでの命なのかすらわからないが…と、ルカは額に浮いた冷や汗を拭《ぬぐ》う。

この街全体が乾ききった砂っぽい土地のように思っていたが、半地下なせいか通路自体も空気も湿っぽい。

そのジメジメした通路を、ネズミなのかコウモリなのか、得体の知れない小さな生き物の気配がふいに肩まわりや足許を通り過ぎてゆく。

「…っ！」

そのうちの一匹が足に触れて駆け抜けてゆく不気味な感触に、ルカは思わず口許を覆った。

気味の悪い場所だ。でも、せめて今晩、この通路に隠れていられれば何とか…、そう思った矢先にルカは壁に突き当たった。

ピチャン…、と天井から水が落ちる音に、さっきよりはずいぶん遠いが、まだルカを探す声が聞こえる気がした。それともこれは、恐怖からくる幻聴なのか。

ここで行き止まりなのか、何か他に先に進む通路はないのかと、ルカは暗がりの中、夢中で石壁を叩《たた》き、鎖で縛られた手でまさぐる。

「…頼む」

ルカは懸命に壁を探りながら呟《つぶや》いた。

「頼むから、どこか…」

開いてくれ…、と口の中で呟いた途端、ゴトリという重めの音がすぐ近くに聞こえた。

ルカはほっと息をつく。

音のしたあたりを探ると、石壁には狭いが人一人が何とか進めるほどの暗い穴があることがわかった。

ゴトリという音は、ルカの手の当たったその石壁の石の一部が動いた音だろうか。焦りのあまり、音の理由について深くは考えられず、とにかくルカはそこに飛び込んだ。

幸いなことに、その先の暗い通路の奥にはうっすらと明かりが灯《とも》っている。どこかへの抜け穴、あるいは地下通路などに行き当たったのかもしれない。それがどこへ続くのか見当もつかないが、ルカはさっきよりも救いを胸に、よろよろとその道を歩く。

救いと、そして、追っ手に追いつかれる前に何とかして隠れたいという思いから、ルカは傷だらけで重い足を懸命に進める。

通路はやや折れ曲がっているが、遠く薄ぼんやりした明かりを目当てに辿《たど》ってゆくと、驚いたことにそこにはぽつんと一軒、通路の壁をくり抜くようにして店があった。

ルカは目を瞠《みは》った。

このあたりの風俗には通じていないが、表通りの店はどこも閉まっていたというのに、ここはずいぶん遅い時間まで開けている店のようだ。

かといって、酒場や宿という雰囲気でもない。何かはよくわからないが、布や金物といった品が表に積まれ、並べられているところを見ると物品を商うのだろう。

ルカはそろそろと近づきながら、恐る恐る店の様子を窺《うかが》う。こんな時間に開いていることを思うと、あまりよからぬ場所である可能性も高い。

しかし、少し離れたところから見る分には店先一杯に商品が並んでいるように見えたが、近づいてみるとそれらはずいぶん古ぼけた品ばかりだった。

うずたかく積まれた生地や絨毯《じゅうたん》は色褪《いろあ》せ、天井からぶら下がった金物は輝きを失い、厚く埃が積もっている。形ばかりはずいぶん凝った形のランプにはいくつか明かりが入っているが、湿気のせいか店そのものからも黴臭《かび》さが漂ってくる。

ルカのわずかばかりの希望が不安へとすり替わった頃、その店の奥には腰の曲がった小柄な老人がいるのが見えた。

老人はルカの故郷とは異なる、この国特有のゆったりとしたラインのシャツに、裾《すそ》をくるぶしのあたりで結わえたゆったりとしたパンツ、丈の短いベストを身につけている。

そして、店の奥から驚いたようにルカを見ていた。

「…っ」

よもや老人と目が合うとは思っていなかったルカは思わず声を洩《も》らしたが、勇気をふるってその老人に声をかけた。

「…どうか」

通じるとは思わなかったが、このあたりではあからさまに珍しい金髪の自分を、怪しい存在だと危ぶまれたくなかった。

「お願いです、助けてください。訳あって追われているんです」

いわくつきの店でもいい。老人が騒がずにいてくれるなら、そして、いささかでもルカに哀れみをかけてくれるというのなら、それでよかった。というより、それに縋《すが》るしかなかった。

「少しの間でもいいので、ここで匿《かくま》っていただけませんか？」

ルカの言葉に老人は訝《いぶか》しげに立ち上がり、首をかしげる。

「お願いです、何も危害は加えません。助けていただけませんか？」

ルカは鎖を巻きつけられた両の手で身振り手振りを加え、懸命に言いつのる。

ルカの歳《とし》は二十歳を二つばかり超えている。背丈はかなりあるし、骨格は青年らしくしっかりしたものだ。少女と見まがうような少年性奴という年齢では、とてもない。

それでも、無理に馬車に乗せられ、この街に連れてこられるまでの間に筋肉は多少落ちた。毎日、山や森の中を巡っていた頃とは違い、老人が警戒するほど屈強に見えるとは思わない。

だが、逆にこの金髪と手首の鎖、夜着の下衣だけを身につけた姿を見れば、どこからか逃げ出してきた訳ありの奴隷であることはひと目で見てとれるだろう。

「お願いします」

必死に繰り返すルカに、老人は口の中で何か呟きながらも、さっきとは表情を変えて店の古ぼけた商品の間を通り、ルカの方へとやってくる。

その表情がさっきの驚いた顔に続いて、訝しむ顔に変わったのまではわかったが、今、店先に出てきて自分を見上げるその老人の皺《しわ》だらけの顔からは何を思っているのかが読めない。

「…お願いします、…助けてもらえませんか？」

ルカは両手を差し伸べ、老人に請う。打ち身やすり傷で身体中が痛む。もう、これ以上は逃げる気力もないし、逃げ場もない。

小柄な老人はさらに何事か呟き、ゆっくりとルカの方へと手を差し伸べてきた。

長身であるルカの胸ほどの高さもない腰の曲がった老人は頷《うなず》き、つかまれと言わんばかりに手を差し出す。

「ありがとうございます、助かります…」

ルカは差し出されたその手に、自分の手を重ねた。

老人はルカを店の中へと招き入れながら、ひとつ頷いた。

「いいだろう、お前の願いを叶《かな》えてやろう」

しわがれた老人の声が自分に理解できることに、ルカは驚いて目を見開く。

誰とも言葉が通じないと思っていた異国の街で、老人の言葉は難なく理解できた。

「匿ってほしいのだろう?」

老人は何を驚くのだと言わんばかりに、ルカを見上げて笑う。

「…ええ、…でも、私の言葉が…」

「言葉ぐらいはわかる」

老人は肩をすくめると、ルカを埃っぽい店の奥へと連れてゆく。

しかし今は、商品の上にうずたかく積もった埃や得体の知れない店に足を踏み入れる不安よりも、言葉の通じる相手がルカを男達から隠そうとしてくれている厚意のありがたみの方がまさった。

店の中は灯った蠟燭《ろうそく》やランプの明かりで、外から見たよりも明るかった。

積み上げられた絨毯の陰に、ルカがこれまで見たこともない、青い大きな鳥がいる。

止まり木につかまっている目も覚めるような美しい瑠璃《るり》色の鳥は、大型の猫ほどの大きさがあった。鷲《わし》ほどではないが、それでも翼を広げればルカが両腕を広げたぐらいは十分にありそうだった。目のまわりと嘴《くちばし》の端が黄色く、つぶらな瞳《ひとみ》と嘴は黒い。大きく固そうな嘴は、どこか笑っているように見える。足首を捕らえた頑丈そうな鎖は、止まり木へとつながっていた。

ルカは初めて見るその珍しい鳥に目を瞠ったが、老人はたいしたことでもないといった様子で、手を横に振った。

さらにその鳥の止まり木の足許には、大人ほどのサイズもある大きな猫科の動物の黒い石像があった。このサイズだと猫ではなく、ルカが絵や紋章でしか見たことのない、ライオンや虎《とら》、豹《ひょう》といった類《たぐい》の動物なのかもしれない。

ルカには埃をかぶったこの大きな石像が店の売り物なのか、それとも飾りなのかがわからなかった。

さっきの路地からは少しずつ降りてきていた気がしたが、見れば見るほど不思議な場所、そして不思議な店だ。

他には店や家らしきものはなかった気がしたが、真っ暗な中、この店以外には明かりがついていなかったから気づかなかっただけなのだろうか。ルカは老人が気分を害さない程度に、店の奥の住居部分らしき場所を見まわす。

老人は蠟燭の灯った燭台《しょくだい》を手にすると、さらに奥まった狭い部屋へと通じる帳《とばり》をかき上げ、ルカを中へと促した。

「今晩は、ここで休むといい」

蠟燭のほのかな灯りで見るだけだが、埃っぽい店先とは違って奥の部屋はこぢんまりとしてはいるがそれなりに掃除され、落ち着いた雰囲気だった。

狭く、布張りのクッションをいくつか置いた寝台が部屋のほとんどを占めているが、薄い掛け布には豪奢《ごうしゃ》な刺繡《ししゅう》が施され、ルカの故郷の家の寝台よりもはるかに豪華だ。

薄暗い室内は店先ほど古びた様子もなく、居心地はいい。独特の異郷の香油の匂《にお》いが漂っているが、今はその重めの香りに眠気を誘われた。

「…かまわないんですか？」

この老人はどこで休むのだろうかとか、いきなりこんな恵まれた場所で眠ってもよいのだろうか、はたしてこの相手を信用してもいいのだろうか、といった疑問が幾つか湧《わ》いたが、尋ねると老人は気にすることはないと言わんばかりの仕種《しぐさ》を見せ、ルカを寝台へと促す。

「その手首の鎖は、外した方がいいな」

燭台を枕許に置くと、老人はブツブツ口の中で呟きながら部屋を出ていってしまう。

小さいが、丸い形の錠で鎖が留められている。ルカは見たこともない種類の精巧な錠前だ。鎖を切るつもりだろうかと思いきや、老人は先の尖《とが》って曲がった、太さや大きさの異なる金具を何本も金属製の輪で束ねたものを持ってくる。

「それで？」

そんなものでこの小さな錠前を外すつもりなのかと尋ねると、老人は頷いた。

「造作も無いことだ」

老人は束の中から幾つかの細い金具を錠前の穴に差し込み、耳を近づけて何度かひねってまわすという作業を繰り返す。

三本目の金具を差し入れたとき、カチャリという音と共に錠前は外れた。

「ありがとうございます」

老人の予想外の器用さに驚きと共に礼を述べると、老人は首を横にいくらか振り、手首に巻きついていた鎖を外して、再度部屋を出てゆく。

そして、すぐに水で湿らせた布と水差し、浅い金盥《だらい》とカップを持って戻ってくると、帳の間からルカへと差し出した。

「使うといい」

「…ありがとうございます」

汚れた脚を拭うために貸されたのだろうかと思いながら、ルカは水差しからカップに水を注いで少し飲み、ひんやりとした湿し布を殴打されたこめかみにあてがう。

そして、かたわらの寝台に腰を下ろした。

少し湿っぽく温かな部屋の中、布で囲まれた狭く薄暗い空間、そこに漂うどこか甘ったるいような異国風の香りに、知らず安堵《あんど》の息が漏れた。

静かな場所だ。何も聞こえてこない。

しかし、腰を下ろしてしまうと、数ヶ月もまともな寝床で眠っていなかったことや、死にものぐるいで逃げ出した疲れ、そして、今になって解けた緊張などが一気にやってくる。

本当に逃げ出せたのか、それとも、父の死以降の長い悪い夢がずっと醒《さ》めることもなく続いているのか。故郷から遠く離れたこの街はどこか？　それすらも、この世界の片端に織り込まれた、ごく些《さ》末《まつ》な夢のひと欠片《かけら》なのか…。

ぐるりと天井がまわる。

ルカはそこに身を横たえたという自覚もなく、そのまま意識を手放してしまった。

一章

どれほどの間、眠っていたのか、ルカは賑《にぎ》やかな話し声で目を覚ました。

早口で妙に特徴のある話し声は、やや聞き取りにくい。

温かく心地よい寝床の中で、ルカはしばらくその独特の賑やかなお喋《しゃべ》りを夢うつつで聞いていた。

話の内容は街の天気がどうのこうのといったたわいもないものから、南の港は今年はずいぶん大漁だが、来年はその反動で不漁になるだろう、麦は例年並みだ、隣の街一番の金貸しの娘の結婚は失敗だった、その侍女が盗んだ娘の義母の宝石が次の闇市《やみいち》に出る…などと、ずいぶん込みいったものまで、とにかくきりがない。

そののべつ幕無しのお喋りに、時折、気怠《けだる》げに相槌《あいづち》を打つ声がする。

徐々に意識が戻ってきて、その話の細かな内容にまで意識が行くようになったルカは、やがて昨晩の必死の逃亡劇と、男達から匿ってくれた老人の親切を思い出した。

あれから、どれだけ自分は寝入っていたのか…、とルカが慌てて身を起こそうとすると、身体中が軋《きし》むように痛む。

「…っ！」

痛みに呻《うめ》いたルカに気づいたのか、それまでのお喋りがピタリと止まった。

「お前の報告はいいが、千里眼はすぐ隣の部屋のことはわからないものらしいな」

皮肉る若い男の声は、さっきまで話の合間に相槌を打っていた声の主だろう。

それにしても、ずいぶん甘く魅惑的な声だ。それとも甘いのは話し方や、特徴のあるやわらかな言いまわしなのかと、ルカはその印象的な声を思わず頭の中で追う。

しかし、自分を助けてくれたあの老人の声は、会話の中では聞こえなかったように思う。

それとも、話を黙って聞いているだけなのか、とルカが寝台の上に痛む身体をなんとか起こそうとしているうちに、部屋の入り口の帳が向こうから開いた。

「目が覚めたか？」

よく響く華のある声の主は、長い黒髪を持つすらりとした若い男だった。

なんとも美しい男だと、ルカは目を瞠る。

驚くほどの美形だ。腰近くまである長い黒髪と目端の利きそうな整った目鼻立ちには、すぐには言葉も出ない。

特に澄んだ灰色の瞳は、薄明るい部屋の中でも銀色に光って見え、強く印象に残る。

灰色の瞳そのものは、別に目の色としては珍しくはない。特にルカのいた北方の山岳地域では、比較的よく見かける色とも言えた。

だが、ここまで光沢のある鮮やかな銀色に光る目は見たことがない。光沢のある真っ黒な髪に、銀色に煌《きら》めく灰色の瞳という組み合わせは、信じられないほどに美しいのだとルカは思った。

ほっそりとした体軀《たいく》の持ち主だが、それなりに背は高い。長身のルカより拳《こぶし》二つ分ほど低いぐらいだろうか。

見た目には二十代そこそこで、ルカと同じくらいか、いくらか若いぐらいに見える。だが、そのわりには妙に落ち着いていた。

露出度の高い袖《そで》無しのシャツの合わせから垣間見える、光を吸うような象牙《ぞうげ》色のなめらかな肌、剝《む》き出しになったしなやかな腕が、勝手にルカの視線を捕らえ、搦《から》め取る。北の国出身のルカの白さとは異なる、真珠のような光沢を持った染みひとつない肌だ。

その表情、独特の話し方を聞く分にはいかにも頭が切れそうだったが、さらに加えて眼差《まなざ》しの強さややわらかいラインを描くふっくらと形のいい唇、細く通った鼻筋などからは、婀娜《あだ》っぽい印象も受けた。俊敏な野生の生き物にも似ている。

はっきりした目鼻立ちには、様々な国の血が混じっているのだろうか。ひと目見て、どこの出身とは言いがたい顔だ。いったいどこの出身の男なのだろうかと、このあたりで見かける人々とも造作の異なる男の顔を、ルカは言葉も出ないまま、礼を逸するほどにまじまじと眺める。

男は胸許に、そして、剝き出しの腕や手首に、金や銀、細かな宝石で出来た飾りを幾重にもつけていた。とても繊細な造りで、見るからに手が込んでいて価値のある物だとわかる。

裾の長い透けるような白いシャツには、ゆったりとした前の合わせに優美な金糸の刺繡が入っている。

どうやらシャツは絹混じりの高価な素材らしく、同じくゆったりとしたシルエットの光沢のある菫《すみれ》色のパンツと共に、この男にはずいぶんよく似合った。

ルカと共にこの街に奴隷として運ばれてきた数人の金髪の少年や少女達も、顔立ちは悪くなかった。しかし、ここまで艶《あで》やかで、何ともいえない品があり、誰が見ても美しいと目を瞠るような男は…、とルカは何も言えないままに男を見上げる。

しかも、ここが栄えた街だからだろうか、ルカのいた地方を治めていた貴族の息子よりも、男ははるかに洗練された優雅な雰囲気を持っている。かといって、これだけ美しいというのに、男娼と呼ばれるような媚態《びたい》や卑屈さは微塵《みじん》もなかった。

しばらく息を呑《の》んで自分に見入ったルカに、男はすべてを見通しているような余裕のある笑みを向けてくる。

「よく眠れたか？」

男は昨晩の老人と同じように、難なくルカの国の言葉で話しかけてくる。

そういえば、さっきまで賑やかに話していた声も、やはりルカの国の言葉を使っていた。

妙に不思議な場所だと思いながら、ルカは半裸の自分に気づき、慌てて寝台の掛け布を肩まわりに引き寄せた。

肌も透けるほどに薄手の下衣しか身につけていない姿や、この地では珍しい金髪を見れば、ルカがなぜ夜中に助けを求めたのかは一目瞭然《りょうぜん》だろう。それでも、この青年よりははるかに体格のいい自分があからさまに性奴と見られるのは、気恥ずかしくきまりも悪い。

それに上質の服や装身具を身につけた男を前に、こんな裸同様の格好では申し訳もなくて、ルカはさらに掛け布をかき寄せて身体を隠し、尋ねる。

「…あの、昨晩は…、あなたのお父《とう》様ですか？　それとも、お祖父《じい》さまでしょうか？　夜遅くに助けていただいて…」

外に出かけているか、別の場所で休んででもいるのだろうかと、ルカは気配の窺えない昨晩の老人について尋ねる。

「父…？」

男は一瞬首をかしげかけたが、ああ、と小さく声を上げて背後を振り返った。

確かにこのあまりに美しい男とあの年老いて腰の曲がった老人とはあまり似ていないし、息子というには歳もかなり離れている。だから孫なのだろうかと聞いてみたが、もう少し遠い親類縁者だろうかと思いかけたルカに、男はあらためて向き直ると、唇の両端を吊《つ》り上げ笑ってみせる。

「祖父だ」

謎《なぞ》めいた独特の笑いだったが、それでも十分に魅力的だった。

「起きられるか？　その傷では、手当てがいるだろう？」

少し待て、と男は居間らしき帳の向こうへと戻った。何かを物色している気配がする。

「これはどうだ？」

男が尋ねるのに、さっきの声が応《こた》えた。

「若干時代がかっているが、まぁ、いいんじゃないか？　色は合う」

いったい誰に尋ねているのだろうと、答える異色の声に帳の向こうを覗《のぞ》いたルカは、昨日の青い大きな鳥が喋る様子に目を丸くする。

「…鳥が」

驚くルカに、ああ…、と男は止まり木の上の大きな鳥を振り返った。

「ディークというんだ。よく喋る」

男の紹介にも、ディークと呼ばれた鳥は、悠然と止まり木の上で羽繕いをした後、首をかしげてルカをまじまじと見てくる。

ルカはこんな至近距離で、鳥にここまでじっと顔を覗き込まれた経験は無い。よほど好奇心旺盛《おうせい》で人慣れした種類なのだろうかと思った。

「鳥なのに、喋るんですか？」

「喋る種類なんだ。鸚哥《インコ》という鳥だ。市場などで見たことはないか？　ディークほどの大型の鸚哥はかなり珍しいが、小型から中型のものは人の言葉を真似《まね》る美しい鳥として、たまに市でも取引されている。南方から運ばれてくるんだ」

「初めて見ました」

目を瞠るルカの前で、ディークはバサバサッと大きな羽を広げて男の肩に飛び移った。

「よく馴《な》れてる…」

「長いつきあいだからな」

なんなく答える男の肩で、鳥がルカに向かって口を開く。

「お前の名前は？」

まるで男の代わりに尋ねてきたようなディークに、ルカは思わず丁寧に応えてしまう。

「あ…、ルカです。助けていただいて、ありがとうございます」

そして、この男の名前を知りたいとルカが向けた視線に気づいたように、男はルカに手にしていたチュニック状の丈の長いシャツを手渡してきた。

「私はシャハルだ。これを着るといい」

耳馴れない名前だが、響きは綺麗《きれい》でこの男によく合うと、ルカは口許をわずかにゆるめる。

手渡されたシャツは麻を織り込んだらしき涼しげな光沢のある布で、目にやさしい淡いベージュの色味だった。シャハルが身につけているシャツほどは透けていない。

似た素材の生地で、男が穿《は》いているものと同じ、ゆったりとしたラインのパンツも手渡される。こちらは深みのある深緑色で、ベージュのシャツとよく合った。

染色技術に恵まれず、貴族以外の男達は皆、黒や茶色の分厚い羊毛のパンツと洗いざらしの亜麻《リネン》か羊毛のシャツとを身につけていたルカの故郷では考えられないような鮮やかな色合わせだが、原色が目立つこの街では逆に目立たないぐらいかもしれない。

帳の陰で受け取ったシャツを広げてみると、シャハルが身につけているシャツと同じように、やわらかな肌触りのシャツの襟許、前立てとその周囲、さらにはシャツの裾にと、金糸で繊細な刺繍が入っている。シャハルの着ているものと違って肌開きは少なく、襟許は立ち上がり、袖も長袖だった。この街だと色の白さが目立つルカにとっては、これはありがたかった。

だが、その細やかな刺繍に、ルカは目を丸くする。故郷で身につけていた服には、もっと簡素な、ざっくりとした魔除《まよ》けの刺繍ぐらいしかなかった。

地元の貴族の息子が婚儀に着ていた晴れ着よりも、ずっと手の込んだ見事な刺繍だ。これだけの精《せい》緻《ち》な金糸を編み出す撚糸《ねんし》技術も、その糸を通すほどの細い針を作る技術も、凝った美しい刺繍デザインも、そして、シャツ一枚を仕上げるのにかけられた手間暇も見事というしかなかった。

「えっと…、シャツのこれは？　掛け紐《ひも》ではなくて…？」

ルカは光沢のある白い貝を削り出したらしき、丸いものがシャツの前立てに等間隔に並んでいることに困惑する。

ルカを買ったあの金持ちの中年男の衣装にも、こんな円形の石が並んでついていたように思う。

戸惑うルカを、シャハルは帳の向こうからひょいと覗き込んでくる。

「ボタンを知らないか？　これで衣服の袖口や襟の前立てを留めるんだ」

「袖や襟許は革の掛け紐で留めていたので」

この街の方が、ルカのいた地方よりもかなり文化が進み、人々の生活も豊かであることはわかってはいたが…、とルカは目を見開く。ルカの地方では、このボタンのように同じサイズの均一な質のものをいくつも作り出すという加工技術がない。

しかも、こんな風に見た目も美しい細工物となると、貴族や金回りのいい商人が身につける贅沢品《ぜいたく》となる。

ルカはあらためて、シャハルを見た。シャハルはずいぶん見端もよく、独特のただならぬ雰囲気を持っていて、弁も立ちそうだし頭の回転も速そうだ。金銭的にも不自由しているようには見えない。

だが、ルカを買ったあの好色な中年のような大金持ちかというと、少し違うように見える。

いったいどういう男なのかと、ルカは謎めいた男とこの不思議な家の中を見比べた。

「服の生地を留めるという理屈は同じだ」

それよりも…、とシャハルは手招きする。

「手当てを先にしてしまおう」

「あ…」

ルカは自分の傷だらけの足へと目を落とした。

驚きのあまり忘れていたが、昨日の晩、つまずいたりぶつけたりした足は、自分でもゾッとするほどに血と泥とで汚れ、ひどい痣《あざ》になっていた。飛び降りた際に足を挫《くじ》いたように思ったが、腫《は》れがほとんどないのがわずかな救いだろうか。

「昨日のうちに手当てをしてやればよかったが、ずいぶん怯《おび》えて疲れていたようだったしな」

男は祖父である老人から逐一を聞き及んでいるのか、さらに立ち上がってルカの方へと手を差し伸べて促す。

「すみません、寝台を汚してしまったかもしれません」

緊張が解けて、そのまま意識を手放すように眠り込んでしまったが、この泥と血に汚れた足ではどれだけ敷布を汚してしまったことだろうかとルカは慌てる。

「それくらい、どうということはない。むしろ、昨日のうちに手当てできればよかったが…」

男はひと抱えほどの水盤と水差しを持ってくると、座らせたルカの足を丹念に洗ってくれる。

他人に足を洗ってもらったことなどこれまでになく、自分でやるからと恐縮したが、男は洗い残して化膿《かのう》すると困ると言って譲らなかった。

次いでシャハルは棚から金属の首の長い器を取ると、膝《ひざ》から下の傷の上に丹念に注ぐ。

傷口に沁《し》みる液体の鋭い痛みに、ルカは思わず呻いた。

水よりも傷口にきつく沁みるのと、鼻を突く甘く独特な香りから、葡萄《ぶどう》酒などよりもかなり強い酒ではないかと思った。

「お酒ですか？　申し訳ない」

傷を洗うほどの量となると相当量を無駄にしてしまうことになると、さらにルカは恐縮した。

ただ、ルカの地方では酒で傷を洗う習慣はない。葡萄酒などを傷口にかけると、よけいに膿《う》むこともある。

「ヤシ酒だ。蒸留酒で強い酒だ。これで傷を洗って、化膿を防ぐ」

「ジョウリュウ？」

聞き慣れない言葉に戸惑うルカを、男は笑みを含んだ目で見上げた。

「酒で傷口を洗う治療が信じられないか？」

「…いえ、私の地方にはない治療法だったので」

「ただの酒ではだめだ。よけいに化膿する。一度発酵《はっこう》させた酒に熱を加えて、酒精の濃度を高めた強い酒を使ってやるんだ。だが、古くから傷の化膿止めとして伝わる方法だ、間違いはない」

「なるほど」

そこまで言い切るには、相応の知識があるのだろう。男の手つきに迷いはなかった。

男はさらに傷口に壺《つぼ》の軟膏《なんこう》を塗りつけると、目の粗い晒《さら》し布でルカの足を巻いた。

そして、何かを口の中で唱える。

「おまじない…ですか？」

ルカはしないが、手当ての後に化膿しないようにまじないを唱えるのは、色んな地方で見られる風習だ。聞き慣れない言葉は、この国のまじない言葉なのかとルカは尋ねた。

「まぁ、そのようなものだな」

男は短く答え、巻きつけた布にたるみがないか軽く叩いて確かめた。

薬師か医師のように手際がいい…、そう思ったところで、ルカは明るい部屋を見まわす。

昨日の晩、かなり地下の深いところまで下りたような気がしていたが、この明かりは自然光だ。案外、自分で思ったほど深いところまで来ていないのか、それとも地理的に高低差がある街なのか。

上を仰ぐと、複雑な美しい装飾のある天窓が、高く丸い天井の横手に見えた。ドーム型の天井は白い漆喰《しっくい》塗りで、その天窓からの光を吸ってとても明るい。

昨日、ルカが眠った小部屋は、ドーム下の装飾模様のある梁《はり》で区切られた空間らしい。気がつかなかったが、他にも同じような梁と布とで区切られた小部屋はいくつもあって、凝った構造の家だった。よく考えて造られていると、感心してしまう。

「見事な建物です」

間口の狭い店の外観からは想像できないほどに凝った美しい天井に、ルカは思わず呟く。

「長くいると飽きるぞ」

シャハルは薄く笑い、立ち上がる。

「さて、歩けるか?」

「はい」

ルカは男がさらに履《は》かせてくれた革製の浅沓《あさぐつ》で立ち上がる。革なのに、軽くてとてもやわらかく、歩きやすい靴だった。革を鞣《なめ》す技術が優れているのだろう。

しかも、手当てが適切だったのか、塗られた膏薬に痛みを抑える成分でも含まれていたのか、不思議と傷の痛みも治まっている。ルカの持つ知識よりも、男の治療技術の方が上なのかもしれない。

「いい靴ですね」

サイズもちょうどいいと、ルカは唇の両端を上げる。

「足に合うなら、そのまま履いているといい。足は痛まないか？」

「ええ、さっきの薬のせいか、ほとんど感じません」

「それはよかった」

頷く男に、ルカはあらためて礼を述べた。

「ありがとうございます。ここまでしていただいて、なんとお礼を申し上げればいいのか…」

「別にかまわない。たいしたことをしたわけでもなし…」

そこまで言いかけ、男はふと考える素振りを見せた。

「悪いが、歩けるようなら市に朝食を買いに行ってもらってもいいだろうか？」

「市場にですか？　それはもちろん。私にうまく買うことが出来るのなら…」

はたして、言葉の通じない国でうまく買い物が出来るかはわからないが…、とルカは口ごもる。男のために使いに行くことはやぶさかではないが、買い物自体は今ひとつ自信がない。

「何、さほど難しいことじゃない。この街は大きい分、色んな国から人間がやってくる。砂漠やはるか東の国から来たような言葉がうまく通じない者とでも、何とか身振り手振りで交易している。食べ物を買ってくるぐらい、なんということはない」

「でしたら、喜んで」

「少し多めに買ってきてくれ。そうだな、五、六人分ぐらい…。いや、もっとあってもいい」

「承知しました」

あとで客でもやってくるのだろうか、あるいは家族が多いのだろうかと不思議に思ったが、最初からあまりあれこれと立ち入ったことを聞くよりも、まずは言われたままに食料を買ってこようとルカは頷く。

気が向けば、男の方から説明してくれるだろう。

「代金はそうだな…」

男は部屋を見まわすと、棚の細工壺を手に取った。

昨日、店内の品物のほとんどが埃をかぶっているように思ったが、あれは夜のランプの明かりのせいでくすんで見えたのか、それともシャハルが朝のうちに掃除したのか、透き通った素材に宝石とおぼしき輝く石と金の金具のついたずいぶん美しい細工壺だった。

金の金具をスライドすると、薬か何かを入れるらしき小物入れが巧みに隠しこまれている。

「いくらぐらいになる？」

シャハルの問いに答えたのは、鸚哥のディークだった。

「銀貨二十五枚、金貨だと三枚ほどかな。それなりの値はつくさ」

シャハルと会話の成り立つ鸚哥に目を驚くルカに、次にディークは顔を向けてくる。

「銀貨一枚もあれば、一家族がひと月ほどは余裕で食べられる。しっかり、釣りを受け取ることだ」

「…はい」

これは自分がこの大きな鳥に命じられているのだろうかと驚きながらも、ルカはその言葉の内容とまっすぐに自分を見てくる鸚哥の眼差しに思わず頷いてしまう。

「少し待て。その髪では、目立ちすぎる」

男はルカが鸚哥に返事をしたことを意に介した様子もなく、棚からざっくりとした粗い織りのブルーに染まった麻布を取ると、ルカの前に立った。

長い、長い布だ。ルカの背丈の三倍以上はあるだろうか。男はその端にキュッと結び目を作ると、ふわりとルカの髪にその麻布をかぶせた。そして、長い布の中に金の髪を巻き込みながら頭と首許を布で覆い、くるくると布をひねって器用に頭に巻き上げてしまう。

どのようにして、この長い布がすべて巻きつけられたのかはわからない。しかし、幾重にも巻かれた布は頭部と首、肩口と上半身のほとんどを覆っているが、軽い麻布という素材のせいか、さほど重さを感じない。

「アマージグ風だな」

ディークが止まり木の上から声をかけてくる。

「ああ、これなら顔もほぼ隠せる」

シャハルは後ろから首許に回していた布の一部を引き上げ、目の下まで覆った。

シャハルはディークを振り返る。

「目も目立つか？」

ディークは首をかしげて、またしげしげとルカを見てくる。

「青い目は確かに珍しいが、市場では見かけないわけじゃない。東国の民の中にもいるし、砂漠の民の中にもたまに見かける。アマージグ人の中にもいる。少しばかり異国風なだけだ」

「ならば、いいか」

行ってこい、という男に、ルカはさっきからの懸念を伝える。

「あの…、道に迷わないでしょうか？」

昨日の晩、どこをどういう風に通ったかは正確には覚えていないが、かなり複雑な道だったように思う。

「いや、そんなに複雑な道でもない」

シャハルはルカを店の表へと連れてゆくと、中から右側を指さした。ルカがやってきたのとは、逆の方向だ。

「ここは裏路地だが、右へ出てゆるい階段を道なりに進むと市場の主要な通りに出る。天井が青くタイルで彩られた広場と大きな中央門のすぐ横だ。中央には水の飲める泉もある。そこいらあたりは食べ物の店が多いし、ちょうど宝飾品を買い取る店も何軒か並んでいる。まずはその宝飾店で細工壺を換金するんだ」

「わかりました」

「次にはその隣の一角にある両替商で、金貨や銀貨を銅貨に換える。行けるか？」

「ええ、行けると思います」

シャハルの念押しに、ルカは頷き、教えられたとおりに店を出た。

階段を曲がりゆく途中で振り返ると、シャハルがまだ店先で自分を見送っていた。何でもないことのように頼まれたが、それなりに案じてくれているのかもしれないと、ルカは見送る男に頷き返し、さらに階段を上がってゆく。

言葉の通じない場所で高価な細工壺を換金するのには限りない不安があったが、シャハルがそれを自分に任せるというのなら、責任を持って応じたい。

シャハルの言葉どおり、市場の主要通りへはゆるやかな上り坂と階段とで、確かに簡単で覚えやすい道だった。昨日、ルカが通った道が、逆に裏路地から奥まった、入り組んだ裏通りなだけなのだろう。明かりがあれば、それもさほど複雑な道ではないのかもしれない。逃げ惑いながら、必死の思いで初めて通った道だ。暗さと恐怖、さらに見知らぬ場所を夢中で逃げる混乱から、必要以上に入り組んだ道に思えたのか。

教えられた中央門もすぐにわかった。シャハルの店は、市場の中央近い場所にあるらしい。

ただ、新旧入り混じった歴史のありそうな市場なので、市場は外へ幾重にも広がりを見せているようだった。

宝飾品店では異国人だと足許を見られるのではないかと思っていたが、一軒の店の店頭で肩に背負った布袋から細工壺を取り出すと、その店の店主よりも先に隣の店主が出てきて、壺を覗き込んできた。そして、何事か言いはじめる。

ルカはシャハルがさっきしてみた通り、金具をスライドさせて小物入れを開けてみせる。そこで二人の表情が真剣なものへと変わった。負けじと出てきた店主と隣の店主とが軽い言い争いになったところで、さらに向かいの店の店主が加わってくる。

案の定、言葉はまったく通じず、三人が何を言っているのかわからなかった。しかし、身振りや真剣な表情から判断するに、三人とも自分が一番高く買い取ろうと値段を競っているらしい。

鸚哥のディークの言ったとおり、相当に価値のある細工壺だった。

結局、三人の間でかなり激しいやりとりがあり、銀貨三十五枚ほどを台の上に並べた、最初にルカに声をかけてきた隣の店の店主が細工壺を買い取った。ディークの見積もりよりも銀貨十枚も多ければ悪くない取引なのだろうと、ルカは店を後にする。

次にルカは近くの両替商で、銀貨の一枚を銅貨に換えた。その大量の銀貨と銅貨の入ったずっしりと重い布財布を手に、ルカは食べ物屋の並ぶ通りへと向かった。

様々な香辛料や油、肉や小麦粉を焼いた香りが漂う通りで、それもすぐにわかった。購入したものを店先で食べられるように、敷物の上に幾つかの卓《テーブル》を並べている店もある。

野菜も肉も香辛料も焼き物や揚げ菓子などの料理も、どれも圧倒的な品揃《しなぞろ》えだった。見たこともない野菜や乳製品、穀物、パン、菓子も多い。香辛料にいたっては種類が多すぎて、いったい何が何なのかすらわからなかった。

そこでルカは練った棒状の小麦粉をさらに平たい円状にして揚げ焼きした香草入りのパン、肉や刻んだ野菜をたっぷり中に詰めた揚げパン、肉と野菜を煮込んだシチューの壺、果物——これはほとんどが見たことのない種類だった——、山羊《やぎ》のミルク、野菜にチーズを混ぜたサラダ、砂糖とナッツで出来た甘い香りのお菓子など、背中の袋と腕に下げた籠《かご》一杯に買い込んだ。

あと、シャハルに頼まれていた、ひと抱えほどの壺一杯の葡萄酒も買った。これで七、八人分に少し余るぐらいだろうか、買い込みすぎただろうか…、などと考えながらシャハルの店へと戻る。

帰りも特に迷うことなく、スムーズに店に帰れたことに安堵しながら、ルカは歓待の声を上げるシャハルの前に買ってきた料理を並べた。

「すみません、買い込みすぎたかもしれません」

預かった金を使いすぎたのではないかと、ルカは取り出した財布をそのままシャハルへと返す。

「あの細工壺は銀貨三十五枚ほどになりました。それで大丈夫でしたか？　食料を買ったお釣りは財布にそのまましまったのですが…」

銀貨よりも細かな銅貨は大きさに何種類かあって、すぐには単位が呑み込めなかった。釣りもうまく確認できなくて申し訳ないとルカは詫《わ》びる。

「いや」

シャハルは財布の中身をざっと眺めると、それで確認がすんだのかにっこりと微笑《ほほえ》む。笑うと、周囲が一気にかすむようにも見えた。ルカはしばらく、またシャハルのその笑みに目を奪われる。

そして、自分は不躾《ぶしつけ》すぎるほどにシャハルに見入っていたのではないかと、薄く頬《ほお》を染めた。

「これで十分だ。それよりもずいぶん腹が減った。ぺこぺこだ。さっそく食事にしようじゃないか」

テーブルの上に大皿を置き、籠から取りだした料理を上機嫌で盛りつけるシャハルを手伝い、ルカは取り皿や匙《さじ》、ナイフ、さらには使ったこともない高価そうな銀のカトラリーを並べた。

先の細く割れた銀製のそのカトラリーを天窓から差し込む自然光にかざし、シャハルはこれはフォークというのだと教えてくれた。ナイフで切った肉や野菜をそれで口に運ぶのだという。教えられてルカも使ってみたが、慣れないのであまりうまくは使えなかった。

シャハルは驚くほどの食欲を見せた。すべての所作こそ上品だが、細い身体のどこにそれだけの食事を入れているのかというほどの勢いで、食卓に並んだものを次々と平らげてゆく。テーブル横に連れてこられたディークも、一緒になってパンやナッツを貪《むさぼ》り食っている。

二人の食事があまりに長く続くので、途中で満腹になったルカはシャハルの勧めで奥の寝台で横になって休んだ。

足の傷もあるし、長く馬車の荷台に閉じこめられて移動してきた疲れもあったのだろう。少しだけ横になったつもりが、目覚めた時には夕暮れに近い時間になっていた。

天窓から差し込む光も、少し黄味を帯びてきている。遠く長く、聞き慣れない歌のような声が響く中、ルカは目を覚ました。

どれだけ眠っていたのだろうかと不思議な響きの詠唱を聴きながら、ルカは寝台と部屋を仕切る帳を開ける。

「目が覚めたか？」

椅子《いす》にくつろいだ様子で座ったシャハルが、鼻唄《はなうた》交じりにピッチャーから葡萄酒をカップになみなみと注ぎながら尋ねてきた。ずいぶん機嫌がよさそうだ。

あれだけ一杯にテーブルの上に並んでいた料理は、すでにきれいに片付けられていた。残った果物と焼き菓子が少し、皿の上に盛られている。

眠り込んでいた間に、他の家族が食事をすませたのだろうか。

「すみません、後片付けもせずに…」

まだ少し意識がぼんやりしたまま、ルカは詫びを口にする。

「かまわない。おかげで久しぶりに美味《うま》い食事が出来た。悪いが、夕飯も買いに行ってもらいたい」

シャハルは満足げに長い黒髪をかき上げる。

ディークも朝よりははるかに機嫌がよさそうで、後ろの止まり木で盛んに羽繕いをしている。

「ええ、それはもちろん」

自分を助けてくれたあの老人がいれば、ぜひにも礼を言いたいと家の中を見まわすルカをシャハルは見上げてくる。

「どうした？」

「あの、お祖父さまがいらっしゃれば、ぜひにもお礼を…」

ああ…、とシャハルは小さく肩をすくめた。

「母にでも会いに行ってるんだろう。しばらくは戻らない。もともと、ここには住んでいないしな」

「もっとちゃんと、お礼を申し上げておくべきでした」

シャハルはわずかに首を横に傾けると、ひとつ頷いた。

「お前の言葉を聞けば、きっと喜ぶ」

そして、注いだばかりの葡萄酒をすべて飲み干すと、酔った様子もなく立ち上がる。

「傷や身体の具合はどうだ？」

ルカの足の様子や手足の動きなどを丁寧に確かめると、シャハルはテーブルの上からひとつ、黄色く丸い果物を取り、新しいカップに果汁を搾り入れてジュースを作り、ルカに勧めた。

「酒はまだ、傷によくないだろうから」

市場では葡萄、桃、スモモ、野苺《のいちご》などの果物はわかったが、この温かな気候のせいか、他にも見たこともない色鮮やかな果物が山のように積まれていた。

シャハルがジュースを作ってくれた、この鮮やかな赤みがかった黄色の丸い果実は、市場で切り分けたものを食べてみろと勧められ、滴るほどの甘酸っぱい果汁に惹《ひ》かれて買ってきたものだ。

「爽《さわ》やかで、とても美味《おい》しいですね。口にしたのは、今日が初めてですが。市場では、他にも知らない果物が山ほど売られてましたが、どれもどんな味かわからなくて…」

水盤で手を洗ったシャハルが肩越しに振り返る。

「それは蜜柑《ナレンジャ》という柑橘《かんきつ》系の果物で、このあたりでは年中通して取れる。柑橘系の果物は種類が多く、甘酸っぱいものから、酸味の強くさっぱりとした黄色い柑橘《ライムーン》までいくつもある」

「私のいたところでは、果物は春から夏にかけての一時期にしか採れない自然の恵みです。保存用に果実酒にしたり、蜂蜜《はちみつ》で煮込んでジャムにして大事に食べますが、一年中、こんな新鮮で美味しい果物が食べられるとは…」

果物は春から夏…、とシャハルは歌うように呟く。

「その金色の髪と、春から夏にかけてだけの果物…。お前、北から来たのか？　ここへやって来るまでに、海は越えたか？」

「海は越えていません。でも、私の故郷はこの街からはかなり北西の方向にあると思います。南のかなり険しい山々を越えてから東に向かったので…。馬車でここへ運ばれてくるまでの三月《みつき》と少しの間に気温も上がり、太陽の位置もずいぶん高くなりました。私の故郷ではすでに秋も終わりに近く、どこも厳しい冬に備えて支度をしている季節です」

なるほど…、とシャハルは椅子を引き、腰を下ろしてルカにも座るようにと促す。

「ここから馬車で三月を越える距離となると、相当なものだな」

「そうかもしれません。私は生まれてからずっと、歩いていけるところにしか行ったことがなかったので…」

そう言って、ルカは男にあらためて尋ねる。

「ここは、何という街ですか？」

「『サーミル』。大きな河口と海に面した、貿易で財をなした街だ。街の周辺は家や農耕地があるが、もっと郊外に行けば、砂漠に近い荒れ野になる。砂漠をゆく隊商も、必ず寄る街として名を知られている」

「…サーミル。…聞いたこともない街です」

ルカは途方に暮れて呟く。

「お前…、どうしたわけでこの街に来たのだ？」

そう尋ねながらも、シャハルはすでにその答えを知っているような艶やかな銀色の瞳を、ルカに向けてきた。

「私は…、村で薬師をしている父親の家に生まれました。父のヤニスはそれなりに腕がよく、近隣の村々でも知られていて、父の薬をわざわざ他の村から求めてやってくる人もいたほどでした…」

ルカは静かに話し始めた。

二章

I

粗末な馬車はずいぶん揺れる。

車輪が轍《わだち》を越えるたび、そして、石に乗り上げるたび、下から突き上げるような衝撃がある。しっかり身体を起こして姿勢を保持しておかないと、よけいな衝撃が体力を削るのだということも、ルカはこの馬車に据えられた頑丈な木製の檻《おり》で運ばれるうちに覚えた。

檻馬車に囚《とら》われてから三ヶ月を超える旅の途中、木檻に取りつけられた高い位置にある窓の鉄格子の向こうの空の色が、故郷のものよりもずいぶん明るいものになった。

同時に、空気は乾いたものになりつつある。どんどん乾燥して、今や乾燥した空気はかなり埃っぽく、砂混じりのものとなってきていた。

馬車はルカの故郷からかなりの時間をかけて山を越えた後は、その後、多少の高低差はあるものの、ほぼ平地を走っている。日の沈む方向や昼間の空の色、湿度などから、ルカ達は故郷を離れてかなり東、そして南方へと運ばれていることはわかった。

同じ馬車のかたわらにはルカと同じように金髪で、もっと若くて見目のいい少年がいる。髪の色はルカよりも少し暗いダークブロンドだが、額が高く鼻筋の通ったその顔立ちは天使画のように整っている。ひと目見ただけで、少年がその見た目によって捕らわれたのだとわかった。

名前はエリアスだとわかったが、エリアスは寡黙で、今のこの状況にひどい絶望を覚えているらしく、自分については何も語りたがらない。その上、もともとの母国語がルカの国の言葉とは異なるために、会話らしい会話は成り立たなかった。ただ、ルカよりもまだ北方の国から連れてこられたのだということだけがわかっていた。

ルカもエリアスほどの線の細さはなかったが、昔から見た目は悪くないと言われていた。父が存命時は、村では言い寄る女達も少なくなかったし、エリアスと同じ年頃には男から声をかけられることもあった。

結局はそれが仇《あだ》となって、今、こうしてはるか遠い南方の異国へと連れられてきてしまったのだろうが…、とルカはザラついた壁板の隙間《すきま》から外を眇《すが》め見る。

同じ馬車の中で板で仕切られた他の区画には、やはり明るい髪色を持つ女達が鎖につながれ、檻の中に捕らわれている。

ぐったりと壁にもたれこんだ亜麻色の髪を持つ十三、四歳の美少女の他、十六、七歳の赤みがかった金髪の娘が二人、さらにひと月ほど前に途中で加えられた二十代半ばの豊満な身体を持つ女がひとり。いずれも金の髪の色味は少しずつ異なるが金髪と白い肌の持ち主で、どういった基準でこの馬車に乗せられたかは明確だった。

砂混じりの乾いたこの地は、昼間はずいぶん暑い。時折下ろされる場所では徐々に緑が減り、次第に風景は土色になりつつあった。そのせいか、馬車の上には屋根代わりの布の幌《ほろ》がかけられた。ルカは首筋を伝う汗を拭う気にもなれず、揺れる馬車の壁に身をもたせかけた。次に下からの突き上げが来た時に弱るとわかっていても、姿勢を保持する気力がない。

故郷を離れて間もない頃には逃げ出す機会も窺っていたが、今ではその意気込みも失《う》せた。どのみち戻ったとしても、もう故郷の村にはルカを待つ家族もいない。

村はここ数年、ずいぶん食糧事情が悪かった。ルカの村ばかりでなく、今年は周辺の村はどこも雹《ひょう》で農作物がやられた。その前の年は天候が悪く、農作物ばかりでなく、立ち枯れする草や木が続出して牛や羊、馬まで大きく数を減らした。

戻ったところで…、とルカは質素な山あいの村を思い返す。もう父や母のいない家には、どうしても戻りたいと思うほどの強い愛着があるわけではない。

幼い頃に母を亡くした後、ずっと共に過ごしてきた父が亡くなり、父直伝の薬も買い手が減り、やむなく他家の農作業の手伝いや放牧で食いつないでいた。

父が寝ついて頭が上がらなくなった頃から、幾ばくかの肉や穀類と引き替えに、他の女や場合によっては男と寝たこともある。それ自体はよくある話だ。食べるため、生きていくための手段として、ルカのいた地方では昔から黙認されていた。

親がいなくなり、資産もなかったために、父の生前はちらほらあった縁談の話もぱたりと絶えた。

否、ルカだけではない。ここ数年の食糧事情の悪さのために、村では祝い事や結婚といった賑やかな行事そのものがなくなってしまっていた。どの家にも、祝い事をする余裕などなかった。

その上、妙齢の娘達は少しでも食い扶持《ぶち》を得るために、近隣の貴族や領主のもとに奉公に出ていってしまい、村では姿を見かけることがほとんどなくなった。若い男ばかりが余っているような状態だった。

生まれ故郷全体が、活気を欠いてしまっていた。

だからといって、自分はこんなどことも知れぬ異郷に連れてこられ、自分の意思とは無関係な他人に金で売買される定めだったのだろうか。それこそ、牛や馬同然に…。

することもなく、ぬるい風に少しくせのある金髪を揺らされながらぼんやりと考えていると、動物のいななきに交じって人の話し声が聞こえた。

また、どこかの集落か隊商宿に差しかかったのだろうかと思っていたが、人の声はどんどん増えてゆく。やがて聞き慣れない賑やかな音楽に合わせて歌い踊る女の声や、それを囃《はや》す男達の笑い声、騒ぎなども耳に入ってくる。

ルカが窓の外を鉄格子越しに窺うと、大きな建物の影が見えた。

続いて陽射《ひざ》しを遮る数々の布、高い塔やドームなどが見え、同時に強い香辛料や油の香りがした。これまで嗅《か》いだことのない、重さのある強い刺激的な香りだ。

南に下がるにつれ、建物の形が変わり、特にここひと月ほどは明らかにルカのいた国よりは文化水準、建築水準が上だろうと思われる石造りの異国風の変わった建物が目についていた。植わっている木の形も徐々に変わりつつあった。

今見えるのは、これまで見たこともないような形の木だった。

馬車が進むにつれ、周囲の喧噪《けんそう》はどんどん大きくなる。今度の街の規模はよほど大きいのか、馬車は時折止まり、角を曲がり、そしてまた進んでいった。

馬車の硬質な振動から、道には石が敷かれていることもわかる。

いったい、ここはどれほどの大きさの街なのかと、ルカが揺れる馬車の中で次々と通り過ぎる建物の影を見上げていると、ずいぶん立派な石造りの門をくぐり、馬車は止まった。

野卑な奴隷商人らの声が近く、そして時折は遠く聞こえる中、ずいぶん長い時間、馬車の中で待たされる。周囲には同じように荷物を引く牛や馬、驢馬《ろば》がつながれているらしく、盛んに鳴き声がして動物の糞《ふん》の臭《にお》いも漂ってくる。気温のせいか、その強い臭いが鼻を突く。

ルカが眉《まゆ》をひそめていると、外から馬車の頑丈な扉が開けられ、太い鞭《むち》を手にした奴隷商人と屈強なその仲間の男達が、ルカの手首と足をつないだ鎖を引いた。

「出ろ！」

四十代半ばらしき奴隷商人が、片言のルカの国の言葉で顎《あご》をしゃくる。

否《いや》も応もない。手首と足首を鎖でつながれているため、逆らってもそのまま地面を引きずられることになる。

ルカが捕まってすぐの頃、エリアスが一度逆らったのを見たことがあるが、男達は見せしめも兼ねてかしばらくエリアスを草の上で引きずり回し、何度も鞭で打った挙げ句に食事も与えずに丸一日放置していた。

その時、エリアスがおそらく凌辱《りょうじょく》されたのだろうことは、壁の向こうから聞こえる悲鳴と怒鳴り声、殴打音、そして、戻ってきた時のエリアスの汚れや鬱《ふさ》ぎ込みようなどでわかった。

凌辱されたのはエリアスだけではない。病気を防ぐためか、時折、川などで鎖つき、見張りつきで水浴びさせられたが、その際、二十代の女は処女ではないと判断されていたせいだろう。茂みに連れ込まれることがあって、少女らはそれに震え上がっていた。

ルカが何もされなかったのは、単に歳が二十歳を超えていて体格もよく、他に獲物がいて奴隷商人らの食指が動かなかっただけの話だ。

男達に引きずり下ろされた場所で、ルカはとっさに鎖でつながれた両手を顔の前にかざし、強い陽射しから目を逸《そ》らす。

ようやく陽射しのきつさに慣れた視界に入ってきたのは、これまで見たこともない大きな規模の街の市場の一角だった。

井戸と大きな水場があり、売り物の動物に加え、隊商の連れた動物らがそこで水を飲んだり身体を洗われたりしているのが、まずは目に入った。さっきの臭いはこれらの動物によるものだろう。

続いてその向こう側にある別の大きな水場で、日常用の水を交代で人々が汲《く》みに来ているのが目に入る。桶《おけ》に汲んだ水で身体を拭ったり、足を洗ったりしている者もあるが、基本的に水栓のある水場では水を汲むだけで、汚れた水は別の場所に流している。

公共の場での衛生観念の共有や、水栓を含めた水場まわりの土木技術はルカの国よりも優れているのが見てとれた。

奴隷商人らが何か大声で別の相手とやりとりしている間、ルカは目を眇めて周囲を見まわし、自分が連れてこられた街の様子を出来るだけ正確に頭に収めようとする。

とにかく砂混じりの埃っぽい街だが、人と色彩、動物と様々な商品で溢《あふ》れている。空は高く、周囲の石造りの街はどこまでも続いているように見えた。家々の向こうには、見たこともないほど高い尖《せん》塔《とう》も何本か見える。

ここはどこかの国の都なのかと思えるほどに大きな街だった。

賑やかで、人々は多弁だ。始終、がなり立てているように見える。陽気なのか、血の気が多いのかはよくわからないが、ルカにはその両方に見えた。

見渡す限り、様々な肌や髪の色の人間がいる。ただし、金髪の者はルカを含めて奴隷商人が馬車から降ろした数名だけで、一気に周囲の好奇の目が集まっていることもわかる。

「おい、ついていけ！」

奴隷商人に肩を突かれると同時に、まったく別の男に別の言葉で叫ばれ、ぐいと鎖を引かれた。

何を言われたのか、聞いたこともない響きの言葉だった。

その男に買われたのは、ルカと二十代の豊満な身体を持つ女だった。

エリアスが驚いたように顔を跳ね上げる。それまで頼られていると思ったこともなかったルカは、少年が自分をわずかばかりにでも心の支えにしていたことを悟った。

鎖で縛られた両手をかすかに挙げ、ルカは少年に小さく微笑みかける。そして、呆然《ぼうぜん》と自分を見送る少年がこれから先、少しでも心安らかにいられることを祈った。

ルカはここへ自分を連れてきた奴隷商人とは別の五、六人の男達に囲まれ、市場の中を別の場所へと歩かされる。

陶器や食器類、壺などが並べられた通りは、やがて布ばかりを置く店に代わり、その向こうに少し開けた広場があった。

広場の端に台が設けられ、その台の上には黒人の女が引っ張り出されて、人だかりが出来ている。黒人の女は台の下からあれこれ値定めする十数人の客の求めに応じ、競りにかける男の手によって裸に剝かれている途中だった。

台の下には黒い肌の若い女が二人ほどやはり半裸に近い姿で鎖でつながれ、うつむいたまま座らされている。後ろにはルカよりもさらに屈強な男達が、棍棒《こんぼう》や鞭を手に見張っていた。

ルカと女は、その黒人の女達の横に並べられる。

「ああ、ここでおしまいだよ。こんな地の果てで売られるなんて！　あの男のせいで！」

騙《だま》されたと歯軋りし、呻く女の声に、ルカも小さく溜息《ためいき》をつく。

あの時、遠出していなければ、確かに自分も今頃はこんな見知らぬ異国で鎖につながれていることもなかっただろう。

あの日、ルカは一週間ほどの旅装備をして、薬草を探しに出たところだった。国一帯の雹を含む悪天候のため、農作物や牧草だけでなく、村の近くでは薬草も採れなくなっていた。

父の死の前後から、村ではルカの家に薬を買いに来るものが減った。ヤニスは薬師のくせに、自分の病も治せないらしいと人々が外で話しているのを漏れ聞いた。

やっかいな内臓の腫れや腹水なども、父は薬の組み合わせや根気強い療養で治す方法を知っていた。頭痛や腰痛にも、よく効く薬を作ることも出来た。

しかし、父の死の原因となった病は身体の中に悪性の腫瘍《しゅよう》が出来るもので、まだ四十歳を過ぎたばかりの父は病の進行も早かった。薬で少しは痛みを紛らわせることは出来ても、今の技術では根本的に病を治すことはできないのだと父本人は悟っていたし、そうルカに教えてもいた。

父に出来たのは、残り少ない時間でルカに自分の持った薬草の技術を精一杯伝えることだった。

だが、村人達がそんな見えもしない病の違いについて、理解出来るわけもない。自分の病も治せない薬師の薬など信用できない、と人々は言った。

そのため、ルカは家々の農作業の手伝いの合間に、時折薬を持って近隣の村や街を回るようになっていた。周辺では、まだ父の薬師としての名前は広く通っていて、ヤニスの薬だといえばそれなりに買い手もついた。

子供の熱冷ましや痛み止めといった簡単な薬にならば、少しずつ村の客も戻りつつあった。

だが、肝心の薬の元となる薬草がいくつか底をついていた。まとまった量の薬草が欲しかった。

南西に向かえば雹の被害もさほどなかったと聞いていたので、ルカはこれまで足を向けたことのなかった南西の方向へと出向いた。

途中、街道沿いで馬に乗った目つきの悪い男達四人と行き会った時に、嫌な予感がした。すれ違うときからかなりあからさまに男達は振り返り、ルカを値踏みしている気配がした。さほど金を持っているようには見えないだろうが、旅装束だ。懐の財布を狙《ねら》われているのだろうかと思った。

そういう嫌な予感は、えてして外れない。ルカは男達とすれ違った後に、早々に道を外れて脇道《わきみち》へと出た。男達が戻ってくるのを怖《おそ》れたためだ。

案の定、男達は半刻もしないうちにルカを追ってきた。馬で追いにくいように立ち枯れした林の中を走って逃げたが、枯れた林では男達の視界を十分に遮ることが出来なかった。

結局、あの林の中でルカは男達に投げ縄と網を投げかけられ、動物のように捕らえられた。実際、男達にとっては道で行き会った獲物だったのだろう。

ルカは街道を南へ下った街の外れで、あの檻馬車に押し込まれた。馬車の中には、ルカのように途中で拉致《らち》された者、身内に欺かれて売られた者、そういった境遇の者達が、まるで家畜のように乗せられていた。

ルカの村は貧しくとも、奴隷制度そのものがなかったが、馬車に乗せられた者達がどういう目的で集められたのかは一目瞭然だった。国によっては、人が家畜のごとく売買されることがある…、昔、父からそう聞いたことがあった。

子供の頃、幼馴染《おさなな じ》みの少女がひとり、森に近い街道付近で行方不明になったことがあった。大人達が何日かかけて探したが見つからず、その頃、村近くで群れていた狼《おおかみ》にやられたのだろうという話だったが、今となってはルカのように拉致されたのではないかと思えた。

あの少女も少しくすんだ金髪の持ち主だったと、ルカは頑丈な鎖のはめられた脚を見下ろす。だが、絶望に近い疲れのせいか、顔立ちはもううまく思い出せない。

黒人の女の買い手が決まったらしい。女が台から下ろされるのを眉をひそめて目の端に見ていると、ルカの前に立つ者がいた。

身なりのいい、日に焼けた浅黒い男で、ルカの顔をしげしげと覗き込んだ後、広場の向こうの豪奢な天蓋《てんがい》のついた二頭挽《ひ》きの馬車を振り返る。

男が何事か叫ぶと、馬車の馭者《ぎょしゃ》に手伝わせ、天蓋の影から年配の太った男が降りてきた。

中背だが、どっしりと脂の乗った身体つきで、頭の上に高くターバンを巻き、浅黒い男よりもさらに金持ち然とした格好をしていた。その太った金持ち風の男は、最初にルカの前に立った使用人らしき男に何か命じた。すると使用人は、かたわらで手を揉《も》まんばかりの奴隷商人にその言葉を伝える。

奴隷商人は屈強な男達三人がかりでルカのシャツを脱がせ、ついで、口を開けさせて、太った男に歯並びを見せる。健康だと証明するためらしい。商人らはさらに、ルカが身につけていた下衣を下着ごと下げようとした。

その屈辱的な格好にさすがにルカも声を上げて暴れたが、あっという間に男達によって鎖が引かれ、地面に転がったところを肩口、背中と鞭打たれる。

太った金持ちの中年男はそれをなだめるような猫撫《な》で声を出し、浅黒い男は奴隷商人にきつい声を投げてそれをやめさせた。

ルカが次に男達に地面の上に引き起こされたときには、太った中年男は懐の財布から銀貨を六、七枚、奴隷商人に手渡しているところだった。

ルカはその太った男の屋敷に連れて行かれた。広い立派な屋敷を持つその男は、裕福な商人らしかった。風呂《ふろ》と食事を与えられ、数日目に商人の寝所に連れて行かれた。

労働は言いつけられなかったし、他にもルカのような鎖につながれた二十代前半で体格のいい肌の白い青年が数人いたこと、風呂で徹底して召使いらに身体を洗い上げられたことなどから薄々わかってはいたが、ルカは商人に若い男の性奴の一人として買われたらしい。

鎖につながれた半裸に近い格好の若い男達は皆、傷だらけで卑屈な目をしていた。意図的につけられただろう切り傷や打撲痕《こん》、縛り痕、火傷《やけど》痕を持ち、誰もルカと目を合わせようとしなかった。

柱の陰で昏《くら》い目をしてうずくまった一人は、両腕の付け根に焼鏝をあてられたような酷い爛《ただ》れ痕を持っていた。肌が白いだけに、皆、傷跡が異様に目立った。

妾《めかけ》然とした若い女やエリアスのような歳若い少年は、一人も見かけなかった。

ルカは自分を買った商人がどのような性的嗜好《しこう》を持つか悟り、同時に自分がどのような目にあわされるのかを考えて戦慄《せんりつ》した。

商人の寝所に連れられる前に抗《あらが》って、召使い頭に傷の見えないこめかみのあたりを棒で殴られて気を失い、気がつくと広い寝台の上に半裸で転がされていた。

両の手首と片方の足には周到に鎖が巻きつけられ、寝台に取りつけられたがっしりとした金具につながれている。足輪も鎖を取りつけた寝台の金具も、どちらも頑丈な錠が取りつけられていた。

かたわらに明かりの灯った薄暗い寝台の中で、ルカは殴られてまだ疼《うず》くこめかみを時折押さえながら、何か身を守るのに使えそうなものを探す。

だが、手の届く範囲には、寝台横の小さなテーブルの上の怪しげな錫《すず》製の香油壺ぐらいしかない。

ルカは手の中に収まるその香油壺を、重なったクッションの陰にそっと隠した。

しばらく後に部屋に入ってきた商人が手にしていた鞭と鍵を見せつけ、猫撫で声で何か言いながら寝台に上がってきたとき、ルカはとっさに隠していた香油壺を男の目を狙って投げた。

商人が悲鳴を上げている隙に鍵《かぎ》を奪い、男を寝台の上から突き飛ばして、鎖のついた足輪をなんとか外す。

商人の罵声《ばせい》と呼び声に外から使用人達が数人駆けつけてくるのに、まだ鎖で両手首を縛られたままのルカは寝台から下り、窓に向かう途中で窓辺にあった火壺をつかんだ。

屈強な使用人が怒鳴りながら窓辺へ走ってくるのに向かって、火壺を投げる。中の灰があたり一面に飛び散り、まともに灰をかぶった男が何事かわめく中、ルカは夢中で窓から下に飛び降りた。

Ⅱ

夕刻、シャハルはルカの肩口にかかったくせのある金髪に、再度、朝のように麻布をアマージグ風に巻きつけた。そして、首許の布を引き上げ、髪と顔の下半分を隠してやる。

思慮深そうな青い瞳を持つ青年の整った顔立ちは、布で半ば以上隠すのが少し惜しく思われるほどだった。その明るい金髪ほどではないが、灰色がかった青い瞳はこのあたりでは珍しい。

知性と分別が感じられるのに、どこか甘さとやさしさのある顔立ちといい、白い肌といい、長身で無駄のない引きしまった体軀といい、若い青年奴隷としては十分過ぎるほどに上等な部類だ。加虐性のある好色な商人に、高額で買われたのもわかる。

「それでは、行ってきます」

青年が店頭で小さく頭を下げるのに、シャハルは唇の両端を魅惑的に吊り上げてみせる。

「ああ、頼む」

店先ギリギリのところに立ち、シャハルは両腕を組んでルカを見送る。

シャハルの姿が見えなくなるところで、ルカは見送っていたシャハルを知るように一度振り返り、小さく手を挙げて階段を上がっていった。

「…どうだ？」

地中の部屋の中へと戻りながら、シャハルは止まり木のディークに尋ねる。

「真面目《まじめ》な男だな、いかにも北方の人間らしい。しかも、背も高くて美形だ。街道を歩いているだけで、奴隷商人に目をつけられるわけだ」

ディークはおどけたような声を出す。

「だが、見た目のいい男が売られるのは、何千年も前からある話だ。今に始まった話じゃない」

奴隷商人らに拉致されるのは、若い女や少年少女ばかりではない。

確かに寝所に侍《はべ》る少年性奴としては薹《とう》が立ち過ぎているが、このサーミルの街では見目のいい青年奴隷も人気がある。

光沢のある黒い肌と黒曜石のように濡れた肌を持つ黒人青年や、絹のようになめらかな肌と黒髪を持つ、しなやかな体軀の東方の青年、そして、白い肌を持つ北方から連れてこられる青年奴隷らに、好んで身のまわりの世話をさせる金持ちや未亡人は多い。

サーミルは、いまや世界でも指折りの商業都市だ。裕福な貿易商人らが多く住むため、その寝所に侍る奴隷も多く売買される。

特に白人では、金髪の奴隷は栗毛《くりげ》や赤毛よりもよほど高く値段がつく。ルカが高く売れるだろうと踏んだ奴隷商人らは、相場を十分に知っている。ルカは銀貨、六、七枚が奴隷商人に支払われたようだと言っていたが、二十歳を超えた青年奴隷としては破格の値段だ。奴隷商人らが見込んだ値段よりも、おそらく相当に高く売れている。

しかし、そんなルカが分別を持った、正直で朴訥《ぼくとつ》な男だということは、すぐにわかった。

北方の人間らしく、そこまで口数は多くない。それでもさっき、まだ銅貨の区別もつかないし、市場で掏《す》られても困るので、財布には必要な分だけを入れておいて欲しいと言われた。

しかも、ルカには北方狩猟民族や武装海洋民族ほどの粗野な面がない。北方の狩猟民族や海洋民族は強奪を是としているが、ルカのいた村では農耕や畜産中心の生活を営んでいたらしい。

この街ほどの文化水準はないが、それでも山あいの村なりに秩序のある村にいたのだろう。

「北方で薬師というのは珍しいな」

「北方の田舎《いなか》の村だと、病や怪我《けが》はせいぜい、まじない師や流しの理髪師の怪しげな治療に任せるのが普通だからな」

ディークの言葉にシャハルは小さく笑い、大きな黒い豹の石像の前で身をかがめ、その鼻先を撫でてやる。

「アイオス、お前はまだ血が通わないか」

ささやくシャハルはしばらく黒豹の石像の顔をそっと両手で包み込んで待ってみたが、石像には何も変化がなかった。

「まだか…」

ディークはかつての仲間が石となったまま、戻らないことに気落ちした声となる。

「アイオスは私の力の一部でもあるからな。石であっても、まだ側《そば》にいるだけましというものだ」

シャハルは銀色の瞳を伏せ、棚にある青い光沢を持つ細長い怪物の姿の彫刻にそっと手を触れる。

それは、シャハルが軽く両腕を広げたほどの大きさだった。

煌めく細かな鱗《うろこ》をまとったその彫刻は、細長いウミヘビとも海竜ともつかない怪物で、透き通った薄い硝子《ガラス》質の羽にも似た鰭《ひれ》を身体の脇に持っていた。背中から尾にかけては、同じような硝子質の背鰭を持っている。

「レヴァイアタン…」

シャハルは呟き、彫刻の台座にある小さなねじを巻いた。かすかな仕掛け音と共に、彫刻全体がくねるように動き出す。その動きはまるで生きているようで、鰭の動きと共に全身をくねらせる様子は、グロテスクなようでいて美しい。そして、実際に海の中を泳ぎゆくように見えた。

それはかつて、シャハルの力の一部であり、海から川まで水の中を自在に泳ぎ来たしもべのひとつだった。この世で最も強い生き物と呼ばれていたこともある。

そのレヴァイアタンが、わずかに鱗一枚を残して粉々となり、海の藻屑《もくず》と化したのは遠い昔のことだ。その悲しげな最後の叫びは、今も耳に残っている。

しかし、シャハルが目を伏せたのは一瞬だけで、すぐにその鮮やかな光を宿す瞳を巡らせた。

「でも、まずはあの男がここへやってこれてよかった」

シャハルは立ち上がると腕を組み、天井の高窓を見上げる。

そして、かつては悪魔《シャイターン》と呼ばれ、人々に怖れられた当時の残忍な笑みを、妖艶《ようえん》の表情の上に浮かべてみせた。

シャイターン——かつて、悪魔の中でも非常に高位のものだけが、そう呼ばれていた。時には魔神《イブリース》という名で呼ばれることもある。

気が向けば、誰かの要求に応じて契約を結び、その代償を得ては過ごす。気が向かなければ誰の要求にも応じない。また、弱い人間共の望みを叶えるのと引き替えに、必ず代償を得る高位悪魔としての契約は、人間への一方的な隷属関係とはまったく異なった。

シャハルの得る代償の多くは、人の持つ若さだったり、美貌だったり、宝石だったり、時には大事な跡継ぎの命だったりしたが、その時の気分によっては、葡萄酒をたったのひと甕《かめ》、あるいは花一輪だけだったこともある。

代償に得るものは、そのとき、契約を申し出た人間をシャハルがどれだけ気に入ったかにもよるし、場合によってはシャハル自ら相手を選んで姿を現し、何かと引き替えに援助を申し出てやったこともある。

誰にもなびかぬ、傲慢《ごうまん》で気まぐれで美しい高位の魔神としてのシャハルの名前は、周辺の国々一帯に広く知られていたものだった。だが、その名が人々の記憶から消えて久しい。

遠い昔の話だが、かつて、西の王国に世界一の賢者とまで呼ばれ、天使や悪魔まで使役するほどの知恵者だった王スライマンがいた。スライマンは近隣諸国と同盟を結び、金属精錬の技術を飛躍的に伸ばし、世界各国と交易を進め、王国を強大なものにした。

当時からスライマンは神から知恵を授けられたのだという噂《うわさ》が流布していたが、シャハルはそれを眉唾《まゆつば》物だと思っていた。利口な人間、何百年と続く国を築き上げるだけの能力を持った優秀な人間というのは確かにいるが、天使や悪魔まで使役するとなるとまた別だ。

スライマンという王が他者を従えるために自らの力を過剰なまでに吹聴させているか、あるいはスライマンを陰でそそのかし、天使や悪魔を操る禁断の術を密《ひそ》かに教えた者がいるかだ。

とにかく、誰かに従属することなど考えたこともなかったシャハルのもとへ、ある日、青白い顔をした下級魔神がやってきた。下級魔神が王スライマンが呼んでいると卑屈な顔で告げたとき、シャハルはそれを笑い飛ばし、自らのねぐらからさっさと追いだした。

その次にやってきたのは、やはり誰かに使役されているとひと目でわかる青白い顔の中位の天使だった。天使がシャハルに、偉大なる王のスライマンがそなたをお召しだと告げたとき、シャハルはやはりお前の本当の主《あるじ》は誰なのだと天使を追いやった。

天使は屈辱にさらに青ざめ、姿を消した。あの天使は、人間に使われる自らを恥じるだけの知恵と矜持《きょうじ》を持っていたのだろう。

最後にやってきたのは、何とも得体の知れない、シャハルによく似た容姿の若く美しい男だった。

その男は、まるでシャハルそのものともいえるほどに酷似しており、ふわりと宙に浮いていた。

だが、声だけが異様に老いてしわがれていて、背筋がゾッとするような醜さに満ちていた。その声の不快さときたら、石の表面を尖ったいくつもの金属でこすったときのような、何ともいえない不快なものだった。しかも、その醜い声が幾重にも重なって聞き取りにくかった。

あのとき、自分はとっさにそれをスライマンの妖術だと思ったが、今考えてみると違う。

とにかく、あのシャハルと瓜《うり》二つといえる男は、シャハルから見ても天使とも悪魔とも異なる、正体の突き止められない不可解な存在だった。

傲慢で残忍、誰にもなびかぬ魔神として広く知られ、久しく自分よりも強大な力を持つものと出会わなかったシャハルは、あのとき、確かにあの存在《もの》の力を侮り、見誤った。

何もかもが思いのままに動く世界に、当時のシャハルは完全に油断しきっていた。よもや、自分と同等の力が、あのような形でふいに姿を見せるとは思ってもいなかった。

そして、ここまで長らくその存在が自分に影響を及ぼすとも思っていなかった。

同等なのか、あるいはシャハル以上なのか、以下なのか。あのときはちらりと測ってみることすらしなかったのだから、慢心していたといわれればそうなのだろう。

結局、スライマンに従わなかったシャハルはその不興を買い、はるか辺境の地のとるにたらない小さな村に過ぎなかったサーミルの、小さな市場の石の下に封じ込められた。

それもこれも、すべてあのシャハルの姿を取った、忌むべき存在の手引きによるものだ。

暗がりから這《は》い寄る影のように前置きもなく、狡猾《こうかつ》にも賢者スライマンの陰に隠れて蠢《うごめ》き、シャハルを表の世界から葬り去ったあの存在《もの》…。

シャハル自身、ただの一時のあの些細な油断が、ここまで自分に災いするなどと考えてもみなかった。

それから千数百年、地下に閉じこめられていたシャハルは、世の移り変わりをただただ遠く見ていた。目や耳となったのは鸚哥のディークで、世の中で起きる様々な出来事をかたわらで語り続けたが、それも分厚いガラスを通してはるか遠くの世界を見ているようだった。

その間に地の果ての小さな村に過ぎなかったサーミルは、東方では屈指の商業都市となり、世界に類するものがないと言われるほどに大きな街になった。世界各地から人や物が集う、賑やかな街へと生まれ変わっていた。

スライマンははるか昔に亡き者となり、遠い昔に国を富ませた賢王として歴史書に名前を残すのみとなったが、いまや、この地に魔神としてのシャハルの名を知る者がいるだろうか。

文明は進み、魔神の存在すら信じる者が減ってきた。

かつてのように身体は軽く宙に浮くこともなく、背中にあった巨大な翼も遠い昔に封じられてしまって、今はない。

手にしていた多大な魔力も、その多くがこの地の底に閉じこめられたときに封じられてしまった。シャハルを守ろうと動いた、最強の怪物と呼ばれていたレヴァイアタンですら、粉々になって水底に散った。陸の上のどの生き物よりも速く地を馳《は》せると言われたアイオスも、石と化してしまった。

「ずいぶん長くここに閉じこめられていたものだ」

あろうことか、あんな醜い老人の姿で…、とシャハルは苦々しく呟く。

「皺だらけで腰も曲がったあの姿に、すっかり自分のもとの姿を忘れてしまうところだった」

指輪をはめたほっそりした指を天窓から差し込む光にかざし、忌々しげに毒づくシャハルに、ディークも低く長い溜息をつく。

「千年以上の時をかけても、ここにやってきたのはわずかに三人」

「そのうちの二人は、使い物にもならなかった…」

やれやれ、とディークはぼやく。

「一人目は中年の女だったな。七百年ほど前だったか？」

「おそらく、そのぐらいだな。粗末な身なりの…、どうしてここに迷い込んだかな？」

やはりルカのように何かを怖れて入り込んできたらしき中年の女は、痩《や》せて醜い老人の姿だったシャハルに驚き、小さく声を上げてどこかへと逃げ去ってしまった。人に悪さをなす、低級な精霊《ジン》か何かだと思ったのか。

それきり、姿を見ていない。千里眼のディークもその姿を追えなかった。まるで闇に沈む砂のように、気配がかき消えたのだという。

もっとも、ここへふいに姿を見せた三人の訪問者については、ディークはまったく見通せなかったので、自分達に関することはわからないように、その力も封じられたのかもしれない。

「二人目の男は酷かったな」

ディークは忌々しげに呟いた。

若い男で、今のルカとさほど歳の変わらない男だったが、あれは数百年ほど前だっただろうか。

夜中にずかずかと断りもなく店の中に入り込んでくると、老人だったシャハルを侮り、棚を物色しながら、高価な宝石を出せと命じた。

シャハルにとってはそれは叶えてやったひとつ目の願い事でもあったわけだが、男は朝になるまでにさらに店頭にあった金の香油瓶と石で飾られた刀を盗んで姿を消してしまった。この店から出ることも出来ないシャハルには、それを取り戻すことも出来なかった。

あの男も、あれきり姿を見ていない。散々呪ってやったが、地中深くに閉じこめられたシャハルの呪いに力があったかどうか…。

それを思うと、大金を預けられても逃げ出すこともなく、律儀に食事や酒を買い込んで戻ってきたルカの人のよさや律儀さは感嘆に値する。

「まっとうな男でよかったじゃないか。人もいい、見た目もいい。頭も悪くなさそうだ」

ディークの言葉に、シャハルはかつて様々な人間を誑《たぶら》かしてきたときのように、にんまりと唇の両端を吊り上げると、葡萄酒の壺を傾け、最後の一滴まで注いでカップを呷《あお》る。

「ここへの道が開けるのは、灰と香油の組み合わせかな？　最初の女も二番目の男も、それにあの男も手や腕に灰がついていたし、強弱はあれど香油の匂いがした」

ディークの言葉に、シャハルはカップを唇にあてがいながら考える。

「…それに何か…。鍵になる言葉でもあったのか…。スライマンの呪法だからな。普通には解けないものなんだろう」

そう言いかけ、シャハルはいや、違うな、とそれを否定する。

「スライマンにその呪法を教え、そそのかした者が奴《ヤツ》だ…」

くそ忌々しい…、とその名も口にしたくないシャハルは小さく舌打ちし、頭をひと振りすると三番目にここへ姿を現した、人のよい純朴な若者《ルカ》が現れたときを思い起こす。

「あの男が、向こうから私に声をかけてきたのにも救われた。こちらからは声をかけて、呼び寄せることも出来なかったからな」

ここへ現れ、逃げた最初の中年女は、こちらからは呼び止めることも出来ないままに向こうが逃げ去ってしまった。

千年以上もかけてようやく三人、呪法を解く組み合わせはよほど複雑だったらしい。

ルカはその三人の中で、初めてシャハルのもとにとどまった貴重な人間だ。今後、二度とあるかどうかわからない好機をうかうか逃すわけにはいかない。

「久方ぶりに飲んだ葡萄酒は、どれだけ甘露だったことか」

シャハルはうっとりと目を閉ざす。ルカが律儀に持ち帰ってきた葡萄酒の壺は、もうこれですっかり空になった。ようやく身体に血も通い、身も軽くなった気がする。

だが、まだまだこの地下からは自由にはなれない。さっき、店先ぎりぎりのところまで行ってみたが、やはり何かで遮られているかのように、そこから前には進めなかった。ここに閉じこめられて以降、気が遠くなるほど試してみたが、こればかりは変わらない。

「とりあえず、あの男の願い事のひとつ目は叶えた」

匿って欲しいという望みは叶えてやったと、シャハルは微笑む。そのため、老いて皺だらけの老人の姿から、今の姿に戻れた。狭い穴蔵のような場所が、少し広くもなった。

おそらく、昔、人間達と気まぐれにシャハルが契約したときのように、あの男の願いを三つ叶えてやれば、ここから解放される契約呪法なのだろう。ならば、さっさとあの男に望みを三つ言わせて、叶えてやればよい。

幸いにして、あの男は見た目も悪くない。絶世の美男というほどではないが、おだやかで落ち着いた物腰は気に入った。ディークの言葉どおり、頭もそう悪くなさそうだ。

「ディーク、お前もしっかり食べておけ。少しは力も戻ってくるだろう」

飲み食いしなければ死んでしまう人間とは異なり、高位悪魔のシャハルは飢えることはないが、美味い食事や酒は、身体に満ちて精気となる。

長い間、封じ込められていた力を取り戻すには、やはり、たっぷりと満ち足りた食事をするのが一番手っ取り早い。シャハルはふわりふわりと指先を宙に舞わせてみるが、以前、身の内からこぼれていた光の粉はまだない。

あの男の望みが、今の自分に叶えられる範囲のことならばいいが…、とシャハルはわずかに眉を寄せた。

かつての自分なら、死んだ人間を生き返らせる、あるいは時間を元に戻すという望み以外は、海を割れと言われたり、光り輝く宮殿を建てろと言われても出来たが、ここに閉じこめられ、力も制限されたままでは望みを叶えるのにも限度がある。

これもスライマンの呪法なのか、それともそのスライマンをそそのかした存在ゆえか…。

おそらく後者だろうと、シャハルは考える。たかだか、スライマンに従わなかった程度で、ここまで長く倦《う》むほどの時を地中で過ごさなければならないわけがない。

仮にあれ《い》を何かと定義するならば、自ら意志を持った思考する災厄とでもいうのだろうか…。

災厄…、それも相手を選ばない——シャハルよりもさらに古くからこの世にある——シャハルは視線を巡らせる。

この狭い空間に閉ざされた長い長い時間、何度となくディークとも語り合ったが、その存在には心当たりがある。

アジ、アジル、アジーラなどと、時代や国によって少しずつ呼び名は変わってはいる。だが、その名を口にすることがあれ《い》を呼び寄せるとも言われているため、シャハル自身は口にしたくはない。

ようやくスライマンの呪法が解けかけ、ここから抜け出せそうだというのに、おめおめとヤツをおびき寄せることなどしたくない。

「帰ってきたな」

足首を鎖で捕らわれたディークが声を上げた。

シャハルは煩わしいもの思いを頭の隅に追いやり、ルカを迎えるために店先へと足を向けながら、ディークを振り返る。

「夕餉《ゆうげ》には蜂蜜酒を頼んだ。金に糸目をつけず、最上質の蜂蜜酒を手に入れてくるように言っておいた。千と数百年ぶりの蜂蜜酒だぞ」

シャハルは店先でルカが背負ってきた蜂蜜酒の甕を、歓声を上げて背中から下ろさせる。

「蜂蜜酒はお好きですか？」

ルカも口許を覆っていた布を下げ、嬉《うれ》しげに微笑んだ。

「葡萄酒と蜂蜜酒は、ここしばらく切らしていたからな」

「そうなんですか？　確かにこのあたりは、葡萄酒の方が多く扱われていますね。あと、ナツメ酒や麦酒も多かったです」

「ナツメ酒も悪くないが、古くから作られていたのは蜂蜜酒だ」

ヤシ酒やナツメ酒、麦酒は酒瓶に満たすことが出来たが、なぜか葡萄酒と蜂蜜酒の酒瓶は空のままだったのが、長くシャハルの苛立《いらだ》ちのもとでもあった。葡萄酒と蜂蜜酒は、食事以上にシャハルの精気の源だ。ヤシ酒、ナツメ酒、麦酒ではそうはいかない。なのに、ここでは水は潤沢に汲めるが、以前のようにそれを葡萄酒や蜂蜜酒に変えることは出来なかった。

シャハルはルカがテーブルに買ってきたパンや食料を並べるのを横目に、壺からカップにいそいそと黄金色の蜂蜜酒を注ぐ。

「上物だな」

香りを嗅ぎ、シャハルは呟く。

ルカはチーズの固まりや野菜の煮付けなどを取り出しながら微笑んだ。

「お口に合いますか？　一応、いくつか試してみて一番いいと思ったものを買ってきたのですが、値段も一番よかったので…」

店主は色々説明してくれたが、何を言っているのかさっぱりわからなかったと、ルカは頭に巻きつけていた布を解きながら肩をすくめる。

「美味だな。まず、香りがいい。芳醇《ほうじゅん》な白葡萄の香りに蜂蜜の甘さ、香草の爽やかさに少しの果実…」

シャハルは目を煌めかせ、濡れた唇を舐《な》めた。

「高いだけはある。極上品だ」

「かなり吹っかけられたのかもしれません。言葉がわからないのは、買い物するには不利で…」

「だが、かなり粘った」

横からディークが見てきたように口を挟む。

「預かったお金ですから…」

ルカは懐からシャハルが手渡した財布を取り出して返すと、金盥と水差しで手を洗う。

「朝は揚げ焼きしたパン中心だったので、夕餉には窯《かま》で焼いたパンを選びました。中にチーズと胡桃《くるみ》、干しイチジクが入っています。そんな贅沢なパンは、私の村では見たことがありません。この市場には、何でもそろっているんですね」

朝とは違い、少し市場の様子を観察する余裕のできたらしきルカは、テーブルに着きながら嬉しげに報告する。

新鮮な野菜をヨーグルトのソースで和《あ》えたサラダ、羊肉と豆の煮込み、ウズラの蒸し焼きなど、シャハルの求めどおり、今回、ルカが買い求めてきた食料の量もゆうに十人分はある。

「この国の挨拶と、数字をいくつか覚えたな。優秀だ」

止まり木のディークが言うのに、ルカは頷いた。

「市場ですし、挨拶と数字ぐらいは値段交渉するためにも覚えた方がいいかと思って。挨拶はいろんなところからかかったので、それを真似してみて…。数字は尋ね返すと、ゆっくり何度も繰り返してくれる親切な人もいましたから。発音を直してもらいました」

シャハルと共に食卓に着いたルカは、ややはにかんだ笑みと共に説明する。

「なるほど、ここでしばらく過ごすには、確かにこの国の言葉を覚えた方がいいな」

シャハルはかつてのように巧みにルカから第二の願いを引き出そうと、やさしげな声を出す。

ルカは少し躊躇《ちゅうちょ》したような顔をしたが、やがて煮込み料理をすくっていた匙を置いた。

「図々《ずうずう》しいかもしれませんが、お言葉に甘えてここにしばらくの間、置いていただいてもかまいませんか？　掃除や炊事、買い出しなど、私に出来るだけのことはします」

シャハルはかすかに首をかしげてルカのおずおずとした申し出を聞いた後、ほくそ笑みを胸の内に押し隠し、鷹揚《おうよう》に頷いて見せた。

「それはもちろん。せっかく何かの縁に導かれ、お前を助けることが出来た。お前にとっては、無理に連れてこられた右も左もわからないような遠い国で、いきなり放り出されても困るだろう。この国では、客はできうる限りもてなすのが倣《なら》いだ。むろん、家事などを手伝ってもらえれば非常に助かるが」

「ありがとうございます。ご厚意にかなうよう、努めます。ここから自分の村に帰るとしても、このままでは村のある場所すらわからず、帰る手段を考えようもなくて」

とても助かると心から感じ入った様子を見せるルカに、何でもないことだと首を横に振る裏で、シャハルはいともたやすく叶えられるこの男の願ってもいない申し出を歓迎した。

シャハルはルカを歓待する証《あかし》に極上の玻璃《はり》のグラスを取り出し、黄金色の蜂蜜酒を注いで勧める。

ルカはこんな綺麗な器は見たことがないと目を瞠り、次に蜂蜜酒の極上の旨味《うまみ》にうっとりと目を伏せる。

かつて、金髪の人間は何人も見てきたが、この整った面立ちの男の髪がランプの光を受けて鈍く輝く様子はなんとも見物だった。シャハルはふと思い立って尋ねる。

「お前の名前のルカは、聖人の名前から取ったものか？　それとも、『光』という意味か？」

「どちらもです。聖人からいただき、その名のとおり、世の光となるようにと父と母が願いを込めてつけてくれたそうです」

そう言って、ルカは首をかしげた。

「あなたの名前は？　何か意味があるのですか？」

「お前の名前と似たような意味だな」

「『光』…ですか？」

「『輝くもの』、『光をもたらすもの』、『明けの明星』、…すなわち、『暁《あかつき》』だ」

にっこりと唇の両端を吊り上げるシャハルに、ルカはその名前の意味を考えたのか、いくらか瞬《まばた》く。

「あなたの名前はとても美しい響きですし、私の名前よりもさらに複雑で奥の深い意味を持っているように思います」

シャハルが考えている以上に敏《さと》いのか、パンを手にしたルカはおだやかに言った。

「こんな見ず知らずの遠方の土地に連れてこられて、本当は心細く思わなければならないのでしょうが…、あなたが私の国の言葉を話してくださるからでしょう。それがとても心強くて、市場でもさほど不安はありませんでした」

明日はもう少し市場の様子を観察してくると、気のよさそうな男は嬉しげに微笑んだ。

三章

I

夕刻近く、夕日のたっぷりと差し込む天窓と大きな竈《かまど》のあるやや広めの中庭で、ルカは大人一人が余裕で浸《つ》かれるほどの大鍋で大量のお湯を沸かしていた。真っ白な漆喰とモザイクタイルによる装飾で飾られた中庭は、日が暮れかけていてもまだまだ明るい。

ルカは沸いた湯を大きめの湯桶に汲んで、家の最奥部にある浴室に何度か往復して運び、湯盤を満たすとシャハルに声をかけた。

シャハルの気怠《けだる》げな返事があり、美しい男は途中で浅沓を脱ぎ捨てて裸足になり、まとっていた衣を無造作に脱ぎながら、家の奥部の浴室への階段を上がっていった。

長い黒髪がさらりとかかった、染みひとつないなめらかな背中をできるだけ直視しないよう、中庭にいたルカは浴室の蒸気穴へと直接につながる竈の前へと移って薪《まき》を焼《く》べる。そして、すでにかなり熱くなっている浴室専用の鍋の湯をさらに沸かし、浴室を蒸気で満たす。

ルカがシャハルの家に滞在しはじめてから、十日ほど過ぎた。今のところ、洗濯や炊事、買い物、掃除などはたいした労働ではないが、この個人宅内に設けられた贅沢な蒸し風呂《ハンマーム》の用意が、一番の重労働だった。

三日目の朝、ずいぶん上機嫌のシャハルに案内されたのは、ここへ逃げ込んだ最初の晩と市場に買い出しに出向いた以外は、食べるか、寝るかしかしなかった二日目には気づかなかった浴室だった。

二日目の時点で半地下に近いこの家は思っていた以上に天井が高く、しかも最初に自分が考えたよりも広いようだとは思っていたが、驚いたことにそこそこの広さの中庭があり、最奥部にはその中庭から半階分ほど上がった場所に専用の浴室があった。

複雑な家の構造にまったく気づかなかった自分の迂闊《うかつ》さにも呆《あき》れるが、感覚的には三日目の朝、起きてくると家が倍以上の広さになっていたようにも思えた。

さらには食事を買い出しに出かけている間、シャハルの采配《さいはい》なのか、商才の賜物なのかは知らないが、古ぼけて厚く埃の積もっていた店先の布やガラクタに見えた商品が一掃されて、煌びやかな宝飾品や高価な家具、上質な敷物などで店や家の中は満たされていた。

そして、驚いたことに非常に高度なからくり仕掛け、それこそ、最初にルカが市場で換金したガラスの細工壺の細工などたわいのないものだったと思えるほどの、精巧なぜんまい細工の彫刻や小箱があちらこちらに置かれていた。

中でもすごいのは、棚に置かれている海の怪物らしき物の細工品だった。最初、透き通ったガラスか水晶らしき材質でできた見事な彫刻だと思ったが、小さなぜんまい音と共にまるで水中を泳いでいるかのように身体をくねらせて動く。

その様子を見たときには、思わず声が出た。繊細な作り物らしいので勝手に触れたことはないが、あんな精巧な仕掛物にはどれほどの値段がつくのか、想像も出来ない。シャハルは売り物ではないのだと言っていたが、王侯貴族の館《やかた》に飾られていても不思議はないほどに緻密で奇怪な美しさのある細工品だと思った。

そして、一番驚くべきことは、それらの一流のからくり細工が、すべてシャハルの手によって作り出されているということだった。

確かにシャハルが何か細かい金属を磨いていたり、金具同士を組み合わせてその動きを見ていたことはあったが、専門の細工師だとするとその落ち着きと切れ者らしき言動、立居振舞に表された自信もわかる気がする。

他には精密な測定機器、天体の動きを示すらしき天球儀や観測器なども置かれていたが、いずれも勝手に触れてはならないだろうと思って触っていない。

確かにこちらの方がシャハルの鷹揚な物腰や身なりに見合っているが、変わりないのは店の真ん中近くにある黒豹の石像だけで、それ以外は同じ店とは思えないほどだった。

それとも、初日や二日目は、こめかみあたりを殴られていたために視界が暗かった、あるいは疲れや痛みなどの理由でうまく空間が把握できていなかったのだろうかと、ルカは考えた。

また、父がかつて頭を打ったり殴られたりした場合の症例として言っていたように、記憶が前後したり、錯誤状態にあったのかもしれない。

シャハルに聞くと、最初にルカが訪れた夜、あの老人に救われたときとたいして家具の配置や置いてあるものは変わっていないと言う。

初めて訪れる他人の家をあまりじろじろと観察したわけでもなく、また、二日目まではそんな時間もほとんどなかったので、やはりルカの錯覚だったのかと記憶そのものに自信もなくなった。

頭を殴られたとはいえ、記憶に歪《ひず》みがあるのはなんともおぼつかないものだと、ルカは竃の熱で額に浮いた汗を拭う。

故郷では身体を拭《ふ》いたり、汚れた腕や髪、顔や脚の一部を洗ったりということはあったが、日々、入浴するという習慣はなかったので、最初、浴室が入浴のための専用の部屋だとは思いつかず、シャハルの説明にとにかく驚くことばかりだった。

白い大理石とタイルとで飾られた浴室は非常に贅沢な空間で、中央の水盤には湯が張られ、さらに壁の一部に設けられた蒸気穴から出る熱い湯気が部屋を満たす。蒸気で温まった身体を、水盤の湯と壁から出てくる水栓の水と香料を練り込んだ石鹸《せっけん》で洗う仕組みだったが、この浴室は最初にルカを買った商人の家でも見なかったような立派なしつらえだった。

ぜひ、入浴をするようにと勧められた際、使い方を教えようと、長い髪を結い上げ、腰布だけになったシャハルが浴室へ入ってきた。

あのとき、内側からうっすら光を放っているようにも見えるシャハルの光沢のある肌と黒髪との対比が気になって、まったくくつろげなかった。

そんなルカの焦りを見越したようにシャハルは薄い笑みを残し、途中で肌を拭いながら退散してくれたから、ようやく浴室を見まわす余裕が出来たようなものだ。

ルカは小さく息をつく。ルカ自身は、基本的にこれまでは同性に魅了されたことはない。見た目のいい男かそうでないかぐらいの判断はつくが、これまではそれ以上の愛情や欲望の対象として考えたことはなかった。

だが、父親が床に伏した頃、必要に迫られて塩漬けの肉や幾ばくかの小麦、パンやチーズなどと引き替えに村の男の求めに応じたことはある。あれは十四、五歳の頃だ。ここへ来る前に別れたエリアスぐらいの年頃だったろうか。

少年の年頃というのは見た目にも少女と大差なく、女の代用品、体のいい性欲処理相手だと考える人間は多いし、実際、その需要によって自分は食料を手に入れていた。まだ、他家の農作業や牧畜の手伝いとしては半人前扱いしかされず、声がかからずにひもじかった。寝ついた父にも少しでも滋養となるものを食べさせたかった。

ルカの身長が伸び、身体つきも男っぽくなってきてからは、相手は寡婦や歳若い男の好きな歳上の女などに変わったが、そのときも食物や時に分厚いシャツやフェルトの布地を得るためだと割り切っていた。

それはルカだけに限ったことではなく、村では誰にとっても暗黙の了解だった。褒められたこと、公言できることではないと知ってはいても、生きるための手段だと誰もが承知していた。

ルカは薪の原木と、斧《おの》を手に取る。

とにかく、これまではただ夢中で生きてきた。同じ年頃の少女達と視線を交わして甘酸っぱい想いになった記憶さえ、もうずいぶん遠い。

かつて、ルカに愛しげな視線をくれた初恋の少女も、奉公先の領主の息子に気に入られ、その子供を身籠もったと数年前に聞いた。それを聞いたときには少し胸が痛んだが、同時にやむを得ないことだとも思った。皆が、あの娘と生まれる子供の将来は安泰だとささやきあっていた。

あのときは、いくらかナイと呼ばれる葦の縦笛を吹いて気を紛らわせたが、ここにはナイのような楽器もない。市場の角や広場では芸人達が演奏する様々な楽器を見かけたが、ルカが慣れ親しんだあのナイに似た楽器だけは見かけなかった。

だが、やるべき作業はいくらでもあるではないかと、よけいな思いを頭から追いやるため、ルカは黙々と積み上がった薪を小斧で割る。

ルカが薬草を求めて旅に出るときに腰に下げていた、拉致されたときに商人らに取り上げられた実用兼護身用の鉈《なた》とは異なり、かなり独特な形状の斧だ。装飾も多く、刃も薄めで軽く、刀身の分厚く重いルカの鉈よりもよほど頼りなく見えるが、これが恐ろしいぐらいの切れ味だった。

使いながら、こんなものを武器に用いられれば恐ろしいほどの威力がありそうだと思う。

だが、誰かのために働くことは苦にならない。むしろ、こうして誰かのために何かをしている方が、精神的には楽だった。

今、ここで必要とされている、役に立っているのだと思える。

「大麦の焼き菓子には、もっとたっぷりと砂糖とドライフルーツ、ナッツを入れてくれないか」

派手な羽音と共に背後で響いた声に、ルカは小斧を使う手を止めた。

最初とは違って鎖を外され、家の中を自由に飛び回っているディークだった。とにかく言葉の達者な鸚哥で、まるでこの家に滞在するもう一人の住人のように、色々とルカに教えてくれた。

この大きさのせいなのか、それとも、ディークの個性なのか、かなり人を喰った物言いをする。色々とルカの仕事に注文もつけてくるし、あれこれと要求もする。

「もっと砂糖を？」

砂糖はずいぶんな高級嗜好品で、ルカの故郷では貴族や領主のみが口にするものだった。むろん、ルカはここに来るまで、話に聞いただけで実際には口にしたこともない。普段、甘味として使うのは蜂蜜や果物、あるいはその果物から作ったジャムやドライフルーツだけだった。

それがここ、サーミルの市場では砂糖は商品として当たり前のように売られているのを見て驚いた。そして、市場で比較的安価で売られている菓子の類にも、その砂糖がふんだんに使われている。

「そうだ、たっぷりの砂糖とザクザクのナッツ、それにバターも惜しむな」

「…それは、申し訳ないです。次は先に材料を窺います」

けしからん、とかたわらの薪の上に止まってふんぞり返って怒っている瑠璃色の鸚哥に、ルカは丁寧に詫びる。

「あと、あの昼食の挽き割り粥《かゆ》。あれは人間の食い物じゃない」

確かに質素だが、自分の故郷では毎日のように食べていた挽き割り粥をこの大きな鳥に否定され、ルカはめんくらった。

そもそも、鳥とは穀類が非常に好きな生き物ではないのだろうか。人間の食い物ではないというのは、自分はよくてもシャハルには出すなという意味だろうかと、ルカは一瞬考える。

「もちろん、俺も食べない」

まっぴらごめんだと大きな青い鳥は、片羽を広げて振った。

「食事とは、もっと美味しく滋養に満ちて栄養価の高い、いわば命の源とも言えるものだ」

「はぁ……」

「油は滴るほどに！　それにたっぷりのスパイス、工夫を凝らした味付け、惜しみない甘み。日々、料理は進化している！　材料は新鮮な肉、野菜、魚、果物。香り、量、見た目、歯ごたえ、味わいと、料理は五感を満たすものでないと！」

鸚哥に食に関する熱弁をふるわれ、とにかくここ数年は日々の糧を得ることに必死だったルカは、すべてに恵まれた街で過ごすとこんな考え方になるのだろうかと、半ばは呆れ、半ばは驚く。

「すみません、私なりに贅沢な食事のつもりだったのですが、あまり凝った食材を使い慣れてなくて」

「そのようだな。食事の用意が無理なら、市場で買ってきてもいいんだぞ」

鳥の高飛車な物言いにも、ルカはなるほど、と頷いておく。普段、口が肥えていると、下手な賄い料理は逆に癇《かん》に障るのかもしれない。

「煮込み料理は悪くなかったが、もう少しスパイスを効かせた方がいい。クリームを惜しむな、味がまろやかになる。そこに刻んだオリーブと鰯《いわし》の塩漬けを入れれば、味わいはさらに複雑になって…」

延々と続く料理についての講釈の途中で、甘さのある声が重なる。

「ディーク、そこまで言うなら、お前が料理を教えてやればいい」

湯上がり用のやわらかなリネンのローブをまとったシャハルが、濡れた髪を布で拭いながらディークをからかう。

「それもいいかもしれない。そうだな」

なるほど、なるほど…、とディークは幾度か繰り返し、嘴《くちばし》の先で羽繕いをする。

本当にこの大型の鳥が自分に料理を教えるつもりなのだろうかと、時折、あれこれと家事の指示をしてくる鸚哥をルカは複雑な思いで眺める。言葉の達者な小利口な鳥だと思わず、歯に衣《きぬ》着せぬ物言いの先輩使用人なのだと思えば、いっそ納得出来るのかもしれない。

シャハルはふわり、ふわりとまるで宙に浮くような軽やかな足取りで歩いてくる。

最初はあまり意識しなかったが、時にこの男の身体は宙に浮いているのではないかと思うことがある。かといって、動きが頼りなく見えることも、安っぽく見えることもない。巧みな舞手が、鮮やかにふくらんだ袖やドレスの裾を翻すのに似ている。

「夜のハンマームにはジンニーが出没する」

声をかけられ、ルカは慌てて上を振り仰ぐ。

天窓から覗く空は、紫色から徐々に藍色《あいいろ》へと色味を変えつつある。光をよく弾《はじ》く白漆喰の壁のために中庭はまだ明るく見えるが、そろそろ家の中のランプには明かりを灯してまわってもいい頃合いだった。

ルカは竃から火を取って、蠟燭に移す。

「『ジンニー』というと？」

「お前の国の言葉だと、そうだな…、精霊や妖怪、魔人…というところだろうか」

ああ、とルカは頷いた。ルカのいた地方でも、魔女の逸話や泉に住む妖精の話などはいくつかあったので、そういう類の話だろう。月夜の墓場には死者が立つというので、昔、幼かったルカは死んだ母親会いたさに、震えながら家を抜け出したこともある。

結局、怖い思いをしただけで母親には会えず、父にはひどく叱《しか》られたものだったが…。

「だから、夜の更けないうちにお前も風呂に入った方がいい」

この清潔感のある浴室に怪しげなものが出るとは思わないが、言い伝えを引き合いにしたシャハルの勧めにルカは頷き、ふと思いついて尋ねた。

「そういえば、この間、ディークが自分は三千歳を超えてるんだと言ってましたが…」

怪しげなものといえば、この喋る鸚哥が一番怪しげだ。

中庭の長椅子の上に脚を投げ出して座った男は、含み笑いと共に腕を上げてディークを招いた。大きな猫ほどの大きさのある鸚哥は、差し伸べられた手の上にさっと移る。

ずいぶん重さがありそうなのに、シャハルは慣れたものなのか表情ひとつ変えず、鸚哥の首の横あたりを指先でくすぐってやっている。

「冗談が好きなんだ。たまに本当のことも言うが…。だが、基本的には大型の鸚哥は人が思うよりもはるかに長寿だ」

どこまでが本当なのかわからない、軽くはぐらかされているようにも思えるが、独特の甘さと華やかさのある魅惑的な声が耳をやさしくくすぐってゆくと、そんな些末なことはどうでもよくなる。

シャハルのこの独特のゆったりとした話し方や声は、これまでルカが出会った人間の中でも一番魅力的だった。

「そして…、私もジンニーだ」

何かを吹き込むような甘い声に、これも冗談なのだろうかと、ルカはシャハルを振り返る。

それとも、自分の聞き取りや理解がうまくいっていないのだろうかと迷う。あるいは、単にシャハルの言い間違いなのか。

しかし、ディークに干棗《ほしなつめ》を与えるシャハルの横顔はただ薄く笑みを刻んでいるだけで、今のは戯れなのか、自分の聞き違いなのかと尋ねることさえ野暮ったく思えた。

「ランプや蠟燭に火を入れたら、夕餉の前に浴室を使っても？」

尋ねると、シャハルは頷いた。

「ああ、かまわない。昼の食事の残りを温めておこう」

微笑むシャハルの厚意に甘え、ルカは自分も浴室へと向かった。


ルカが浴室を使って出てくると、どんなスパイスを加えたのかは知らないが、ずいぶん美味そうな煮込み料理の香りが台所から隣接した中庭へと漂ってくる。大口を叩いているが、ディークの料理の才は本物なのかもしれない。

そちらへ足を向けると、シャハルが鍋を前に何かディークと話しこんでいた。

「…よくはわからない。だが、何となく『あれ』の気配を思わせる…」

ひそめた鸚哥の声はいつになく深刻だった。

「西方へ漂い去ったのでは？　フルムを滅ぼしたのも、奴だろう？」

それに応えるシャハルの声も、いつもの軽やかさがない。言葉の達者な鳥を相手に軽口を叩いている風ではなく、親しい仲間内だけで込みいった話をしているような雰囲気だった。

「わからない。いや…」

どうかな…、と呟くディークは、何度も首をかしげては、脚で深く曲げた首の後ろあたりを掻《か》く。

「ここでは見えないか？」

「いつも、はっきりは…」

あまり聞かれたくない話なのだろうかと、ルカは台所の入り口近くの壁を軽くノックした。

ランプの明かりを横から受けたせいか、シャハルの灰色の瞳がふっと金色の光を宿したようにも見え、ルカは一瞬、驚いてシャハルをまじまじと見つめてしまう。

「ハンマームは湯気の中でゆっくりと汗を流し、身体を清め、くつろぐところだ。お前のはただの行水だな」

そう言って微笑むシャハルの瞳は、すでにいつもの銀色に近い灰色に戻っている。

何かの見間違いだったのだろうかと思いながらも、ルカはしばらくはそのほんのりと身の内に光を宿したような黒髪の美しい男から目が離せなかった。

「…次は、もう少し時間をかけてゆっくり入ってみます」

見惚《みほ》れていたことに気づかれたのではないかと無理に目を伏せ、ルカは食事のための食器をテーブルに並べ始めてよいかと尋ねる。

「ああ、よろしく頼む」

シャハルが応じるのに、ルカは台所を出て食堂のテーブルの上に食器を並べ出す。

その間もしばらくシャハルはディークと何か話しこんでいたが、やがて竈で軽く温め直したパンや煮込み料理などをテーブルの上に運ぶルカに声をかけてきた。

「明日は市場の買い出しに、ディークを同行させよう」

さっきの料理を教えるという話の延長で、食材の買い出しから一緒に来るつもりなのかと、ルカはシャハルを振り返る。どこまで本気なのかと思っていたが、この口ぶりなら冗談でもないらしい。

「そうですね、色々材料を教えてもらえた方が、もう少しましなものを食べていただけそうです」

「ディークが食べるものにうるさいのは…、まぁ、目をつぶってもらいたい。それよりも、ディークは通訳と用心棒代わりを兼ねる」

「用心棒？」

確かにルカよりもこのサーミルの言葉に通じている分、通訳代わりにはなるだろうが、用心棒と言われたのは意外すぎた。

「知らないのか？　大型鸚哥の嘴の力は、大人の男の力に万力と鉤爪《かぎつめ》を合わせたようなものだ。顎の力も強いから、下手な鳥籠などは一刻も経《た》たないうちに壊してしまう。いつも笑っているような能天気な顔をしているが、ああ見えて嘴以外にも爪は鋭いし、飛翔力もある。攻撃に関しては、同じ大きさの猛禽《もうきん》類と同じ程度はあると思っておいた方がいい」

確かに固い木の実を嘴で器用に割っているのは見たことがあるが、口の悪いお喋り好きなディークにそこまで攻撃力があるとは思っていなかったと、ルカは止まり木で呑気《のんき》そうに揺れている鳥を振り返る。顔がのほほんと笑って見えるのは、ご愛敬《あいきょう》なのだろうか。

「最初に飾り壺を銀貨三十五枚で売りに行っただろう？　それから毎日市場に顔を出しているから、お前の顔を覚えていて、その懐を狙おうっていう奴も出てくるのさ」

止まり木の上でディークは知ったような口を利くが、確かにそれも一理あるとは思う。

「ついでと言ってはなんだが、どこか高い塔にでも登って、しばらく放してやってくれ。たまには羽伸ばしも兼ねて、少しあたりを飛ばせてやりたい」

　空を飛ばせている間に逃げはしないのだろうかと思ったが、そんなルカの思いを見越したようにシャハルは首を横に振った。

「大丈夫だ、逃げはしない」

「わかりました、高い塔も探してみます」

「ジアの塔というのが、市場の東の方角にある。石で出来た四角い塔だ。場所はディークが案内できるだろう」

「ジアの塔ですか？」

「ああ、数百年程前、学校に設けられていた塔だ。この街でも最近の塔はどれも円柱型の尖塔だが、ジアの塔はかなり時代がかった古い角柱型だから、わかるだろう。学校が移転した後、建物の大部分が市場や住宅にされたが、塔だけが今も使われることなく残っている。他の塔ほどの高さはないが、ディークを飛ばしてやるには十分だ」

　たわいもない頼みだ。確かにこの家の中だけにずっといれば飛ぶ力もなまるだろうと、ルカは頷いた。

ルカは街の中心から少し外れたジアの塔の上から、ディークを乗せた腕を差し伸べる。

それなりにしっかりした重さのある鸚哥は、翼を広げた。

「気をつけて」

声をかけると、ディークは大きく羽ばたき、さっとルカの腕を離れた。

ディークを空に放ってやるのはこれで三度目になるだろうかと、ルカはゆっくりと弧を描いて街の上を飛ぶディークの姿を見送る。続いて、塔の下の青く輝く湾に沿って大きく広がる街を目を細めて眺めた。

今は管理する者もいないとシャハルは言っていたが、古い塔はよほど頑丈に出来ているのか、石積みの階段が一部崩れてはいるが、その他にはまったく問題ない。確かに今はもっと高い尖塔が街のあちこちにあるが、ディークが飛び立つにはこれで十分なようだった。

シャハルの家は半地下にあたるためか、それとも街の中央にあるせいか、普段は海の気配など感じない。しかし、こうして高い塔の上から見ると、いくつもの桟橋を持つ大規模な港に沿って建物が建ち並び、サーミルが大きな湾に沿って発展した交易都市なのだとわかる。

湾から吹き上げてくる湿った風が、かすかに潮の香りを含んでいる。

目を転じて湾の反対側を眺めてみれば、色鮮やかだがどこか土埃にくすんだ街がどっしりと厚みのある三重の街壁の外にも大きく広がる。その向こうには、あまり高い木々のない農地が果てまで続き、地平線のあたりは砂埃で霞《かす》んでいた。

ルカは山と森に囲まれて育ったため、見渡す限り海や地平線まで平地が続く場所に、今、自分が立っているのが不思議だった。

はたして自分は故郷に帰りたいのかと、今日も人目につく金髪を長い麻布で巻いて覆い隠したルカは胸までの高さの石壁に腕をかけ、ディークが教えてくれた北西の方角を目を眇めて眺めた。

少しずつ、この国の言葉を覚え始めた。様々な国から商人らが集まってくるため、多少、言葉が通じなくとも、この街の人間はさほど気に留めない。少なくとも、市場にいる間はそうだった。

顔馴染みの店も出来た。ディークを肩に乗せていても、最初にルカがその大きさに驚いたほどに気に留める人間はいない。街には、象や猿などといった、これまでルカが見たこともなかった珍しい動物を商う商人もやってくる。大型鸚哥程度では驚かないのだろうかと、ルカには愛想よく挨拶してきても、ディークについては特に触れない店主らを思った。

ただ、シャハルには通訳を兼ねると言われたが、ディークは買い物の場では何か積極的に喋るわけではない。時折、気まぐれに店主らの言葉の意味を耳許でささやくだけだ。

食材にあれを買え、これを食べたいといわれることはあるが、それも街中ではさほど目立たぬようにそっと伝えてくるのは、ディークにもあまり目立ちたくないという意識があるのかもしれない。

ディークを連れて出た最初の日、シャハルはディークを他人に任せて外に出すのは初めてなのだと、ずいぶん案じるように店先まで送りに出た。だが、ルカの肩に乗ってじっとおとなしく店の外から通路へ出たディークを見てとると、どこかほっとしたように笑った。

色々と注文の多いディークがルカに黙って従って外に出たから安心したのかもしれないが、あのとき、その笑顔に思いもせず見惚れてしまった。

謎めいた人だと思う。見た目の年齢以上の落ち着きがあり、店に置かれた商品、とくにからくり細工を見る分には、相当な目利きな上にとびきりの技術職人だ。奥まった店なだけに、始終、客の出入りがあるわけではないが、それなりの固定客はいるのだろう。製作に時間がかかるもの、あるいは受注形式の制作だと、目立った人の出入りはなくとも商売は十分に成り立つ。

宝石を散りばめた小箱、隠し引き出しのついた書類箱、パタパタと羽を動かして飛ぶエナメル細工の鳥、そして、棚の見事な海竜の彫刻は実際に生きて海の中を泳いでいるかのように身体をくねらせる。ルカが実際、目にしたものだけであの見事さだ。いったい、どういう造りなのだろうかと、いつも首をひねる。

複雑な構造の天球儀も、天体についての知識の無いルカにはどうやって扱うのかわからないが、シャハルは子供だましのようなものだという。

いわゆる錬金術のような実験も行っているようで、非常に高度な蒸留器具や精製道具、小さな炉、ふいごといった道具を、時折、さほど楽しくもなそうな顔で触っているのは見た。

細工道具や製作のための専用の部屋も、シャハルの寝室の隣、中庭に面したところにある。最初に老人がルカの手首を縛った鎖の錠前を外してくれた道具も、シャハルの持ち物らしい。

時間だけは無為にあるからな、すべてが趣味みたいなものだ、とシャハルは鳥のぜんまいを巻きながら呟いた。

あまり自分については教えてくれないが、ルカの故郷の話は楽しげに聞く。あの不思議な銀色の光を宿した瞳で、笑みと共に楽しげに目の奥を覗き込まれると、それだけで胸の奥が浮き立つ。

おかげで幼くして母を亡くし、父とも死に別れたという、とりたてて数えるものもなかったありふれた日々が、少しは意味のあるもののように思えた。

ルカは顔の半分を隠していた布の覆いを下げ、口許にかすかな笑みを刻む。

こんな異郷で、自分の話を時間をかけて聞いてくれるシャハルの存在に、いつのまにかずいぶん癒《いや》されている。むしろ、今は惹かれてさえいる。

誰も待つ者もいないからと、故郷にたいして郷愁を抱けない自分は何か間違っているのだろうか。

帰りたくないわけではないが、かといって帰ったところで…、という複雑な思いもある。客はもてなすものだというシャハルの厚意に、いつまでも甘え続けるのもよくないだろうが…。

そうしてしばらく塔の上からぼんやりと街を眺めていたルカは、やがて塔を目指して下りてくる鳥の姿に気づいた。

「十分飛べましたか？」

石積みの胸壁に下りてきたディークに、ルカは声をかける。

「南の方がきな臭い」

「きな臭い？」

不穏な言葉に、ルカは思わず尋ね返す。

「不穏な臭いがする」

「争いごとや、戦のですか？　それとも、何か暴動でも？」

ルカ自身は戦の経験は無いが、父方の祖父は隣国との戦に駆り出され、その傷がもとで晩年はずっと杖《つえ》をついて歩いていた。実戦は厳しいものだと聞いた。

争いごととは無縁そうなこの街が、その『きな臭さ』に巻き込まれなければいいが…、とルカはディークを肩に乗せ直す。

「…まぁ、そんなところだな」

ディークはグッグッと喉《のど》を鳴らした。

「そういえば、何かシャハルの好むものを贈りたいと思うのですが…」

塔の階段を降りながら、ルカは肩に止まったディークに声をかけ、その途中で言いよどむ。

シャハルはずいぶん高価そうな宝飾品を身につけているし、家や店の中にはかなり豪華な家具や敷物が置かれている。

それに何かを贈りたいと思っても、今、ルカが持っている財布自体がシャハルのものだ。それで、何かを買って贈るというのは違う。

「せめて、あの人に何かお礼が出来ればいいと思うのですが…」

ルカは言い換えた。鳥と会話している自分は傍目《はため》にはずいぶんおかしかろうと思うが、シャハルも普段、ごく当たり前のようにディークと話しているので、時々、違和感を忘れる。

「シャハル様の好みは色々と難しい」

ディークは、さらにグッグッと喉を鳴らした。普段はほとんどシャハルと同等の口を叩いているくせに、外では少し言いまわしは遠慮がちになる。

「難しい？」

「もともと気まぐれなお方だしな」

言いかけたディークは、そういえば…、と思いついたように言う。

「ここいらで手に入るものといえば、水煙草《たばこ》はどうだろう？　ここのところ長く禁欲生活を送ってこられたから、多分、あの手の嗜好品は喜ばれると思う」

「水煙草…」

そもそも聞いたことがないとルカは呟く。

「そうだ、以前に試してみたいと笑っていたことがある。ほら、たまに街角で男達が数人で座り込んで口に咥《くわ》えているものがあるだろう？」

「ああ、それは確かに」

数人で細い管を咥えて何をやっているのかと思ってはいたが、異国ゆえに見るもの、聞くもの、すべてが珍しいので、あまり深く考えずにいた。

「何か自分でも、糧《かて》を得る手だてを考えないといけませんね」

「お前の懐に、重い財布があるじゃないか」

それで買えばいいと言う鸚哥に、ルカは首を横に振った。

「シャハルに感謝の気持ちを伝えるのに、シャハルから預かったお金で勝手に買ったのでは意味がなくなってしまいます」

「そうだろうか？　この財布は、シャハル様がお前に預けているものだ。別にかまわないと思うがな」

鸚哥はどこか呆れたような声を出す。

「じゃあ、水煙草は一度戻って、必要かどうか聞いてみましょう。必要なら、すぐに買いに出ます」

ふうん、と鸚哥は唸《うな》る。

「それよりも、お前の願いごとをシャハル様に言うといいぞ。きっと、それを待ってるんだ」

「私の願い？」

よくわからないことを言うディークに、今ひとつ、自分達の会話は噛《か》み合っていないのではないかと、ルカは思った。言葉が通じるのでついつい人と同じように話してしまうが、やはり頭はよくとも相手は鳥なのだから、完全に話が理解できていると思う方がおかしいのだろうか。

「置いていただいているだけで、十分です。これ以上、何か望むだなんて、とても」

そこまで図々しい真似はできないと恐縮するルカに、ディークは呆れ声を出す。

「お前のように、欲のないのも考えものだな」

ルカは鸚哥を肩に乗せたまま、苦笑した。

Ⅲ

ルカが野菜を刻む音が厨房《ちゅうぼう》から聞こえてくる中、ディークは肩を落とし、ボソボソと申し訳なさそうに答えた。

「街の上は飛べるが、やはり外はダメだ」

「難しいか？」

ディークは頷く。

「外へ飛ぼうとすると、失速する。翼を動かしても、強い力で無理に下に引きずり下ろされるような感覚で…、うまくは言えないが先へと飛べなくなって落ちる」

街の上はなんとか飛べるが、そこから外へは飛べないのだと説明するディークの目を通し、シャハルは久しぶりに街を俯瞰《ふかん》して眺めた。

確かに街を囲む外壁を越えようとすると、凄《すさ》まじい勢いで落下しそうになっていた。

「だが、やはり気配が近づいてきているように思う。嫌な感じだ。場所は今ひとつわからないが…」

「わからなくても不思議はない。気配など、ほとんど持たないんだ。以前、まともに顔を合わせてしまった私は、よほど奴に執着されているんだろう」

シャハルの慰めに、ディークは止まり木の上を行ったり来たりして、恐縮してみせる。

「そういえば、ルカが市場で肩の上に乗っている俺に、ほとんどの人間が気を留めないことを不思議がっていた」

「お前自身がルカの存在を目立たなくする結界だとは、まだ教えていない。お前がいるからこそ、人の目にはつきにくいとは知らない」

シャハルは立ち上がり、黒豹の石像の前に膝をつくと、頭を撫でてみる。

「アイオス」

真面目な男が毎日律儀に用意する料理や酒で、以前よりもかなり力の戻った自覚がある。やはり、石像はほんのりと温《ぬく》もりを戻してきていた。

「どうだ？」

ディークが止まり木の上で揺れながら声をかけてくるのに、シャハルは薄く笑った。

「うっすらと温もりが戻りつつある」

そして、再び、アイオス、と呼びかけてみる。

――…ここに…。

かすかに応える声が、石像に触れた指越しに感じられる。

シャハルが閉じこめられて以来、石と化してしまって呼びかけにもまったく応じなかった黒豹がわずかながらも反応を示したことに、シャハルは喜びの声を上げた。

「アイオスが応えたぞ！」

「ならば、もうすぐ？」

嬉しそうなディークを、いや…、とシャハルは遮った。

「声がかすかに応じただけだ。温もりもまだ薄く、手触りも石そのものだ。この調子だと、石化が解けるのに半年以上はかかりそうだ。やはり、食事や酒のみだと精気が戻るのにも時間がかかる」

長く、それこそ自分でも倦むほどに長くここにいる間に、あまりに勘が鈍っている。

ディークはルカに預け、なんとかここから外に出すことは出来た。

だが、シャハル自身はどうしても店の外に足を踏み出せない。ルカを見送る振りでその肩に手を添え、店の外に足を踏み出そうとしてみたが、そこからは一歩も前に踏み出すことは出来なかった。まるで、地に足を縫い付けられたかのようだった。

かつては比類無きものとまでいわれた魔力を誇ったというのに、自分でも力を取り戻すための勝手がわからない。実際に店先まで足を運び、外へ出られるかどうか確認してみなければ、自分がどこまで行けるかすらわからない。

もう少しで力も早く取り戻せる、ここからも出られるとたかをくっていたのに、閉じこめられているうちにずいぶんと色々失ったものだ。

手っ取り早いのは…、とシャハルはルカが中庭で夕飯に使った食器を洗っている音に耳を澄ます。

その意図を察して、ディークが止まり木をゆらゆら揺らした。

「あの朴念仁め…、行儀のよすぎるのも考えものだな」

もっと早くに手を出してくるかと思ったのに、とシャハルは小さく舌打ちする。

場合によってはそれを契約条件にしてやろうと思っていたが、のんびりと構えた男だ。少し熱を帯びた視線は寄越《よこ》すものの、礼を逸することもなく、律儀に一線を守っている。いったいそれが何になるというのだろう。

「だが、その気にさせるのは簡単だろう？　向こうも、悪く思ってはいない」

ディークの言葉をシャハルは鼻先で笑う。

「当たり前だ」

見てろ…、シャハルは肩越しに猫のように目を細めて笑ってみせると、シャラリと細い足首の鎖を鳴らした。

Ⅳ

日も落ちる間際で、浴室内の壁をランプの明かりが薄ぼんやりと照らすのが湯気に滲《にじ》んで見える。

「シャハル、大丈夫ですか？」

わずかに濡れた腰布一枚だけをまとったシャハルが、蒸気の立ちこめる浴室の柱に身をもたせかけていると、ルカが麻布数枚を手に慌てた様子で浴室へと入ってきた。

シャハルが風呂に入ったまま、なかなか出てこない…、とディークに呼びにやらせたためだ。

「ああ…、ぼんやりしているうちに少し湯あたりしたようだ」

私としたことが…、と呟き、シャハルは濡れて肌に張りつく黒髪をかき上げる。ルカは動揺したように目を逸らす。

湯気に濡れた腰布はぴったりと肌に貼りつき、細い腰からすらりとした脚にかけての線が露《あら》わになっている。ぼうっと壁のランプの光を吸う光沢のある肌は、ルカの目の奥には残像のように焼きついていることだろう。

「すまない、手を貸してもらってもかまわないだろうか？」

すらりと長い腕を差し出してやると、ルカは失礼します…、と口の中で呟いて、出来るだけシャハルの身体を直視しないように持参した布でその身体を丁寧にくるみ、抱き上げた。

律儀な男だ、何も知らないわけではないだろうに、とシャハルはその腕の中で目を細めると、ルカの胸許に濡れた髪ごと頭を預けた。

「…部屋で休ませて欲しい」

わかりました、とルカはシャハルの身体を抱いたまま、これまで勝手に立ち入ったことのないシャハルの寝室へと運ぶ。

入り口に帳を二枚ほど垂らして他の部屋と仕切った寝室は、ルカに与えた居室よりも広い。ルカのものよりも、さらに大きい寝台が置いてある。

ルカは麻布にくるんだシャハルの身体を寝台の上に横たえ、さらには濡れ髪が寝台の敷き布を濡らさぬよう、長い髪の下にも麻布を敷く。

好きな女に対しても、こんなに紳士的に振る舞うのだろうかとシャハルはほくそ笑んだ。こんな悠長な真似をしていては、横から別の男にかっさらわれるというものだ。

シャハルは逃がしはしないが…。

「すぐに水をお持ちします」

ルカはいったん部屋を出てゆくと、水盤やカップと共にすぐにシャハルの部屋に戻ってくる。

「少し飲みづらいかもしれませんが…」

ルカは断り、シャハルが身体を起こすのを助けながら、水差しから汲み入れたカップをあてがった。

「これは…?」

ルカの腕の中でカップの中身を口に含み、シャハルは首をかしげた。かすかな塩気のある砂糖水のようだが、柑橘の風味もする。

「身体が弱ったときには体内の水分が失われていることが多いので、水に少量の塩を溶き入れたものを飲むと楽になります。涙と同じ程度の塩分です。多少は甘みや香りがあった方が飲みやすいかと思って、蜂蜜や果汁も加えてみましたが…」

なるほど…、とシャハルは呟いた。

「お前はいい医者だ」

「医師ではありません。駆け出しの薬師です」

父親の受け売りなのだと、ルカは水盤で絞った布をシャハルの首筋にあてがう。

「助かった、ずいぶん楽になった…」

水をカップから二杯ほど飲み干すと、シャハルは細い声を出す。そして、手を差し伸べると、ゆるくルカの手を握った。

少し悩ましいような息をゆるゆると吐き、形のいい頭を男の肩口に預ける。

「すまない、服を濡らしてしまう…」

申し訳なさそうな声を出すと、いえ…、とルカは首を横に振った。

「お前は温かいな…」

すぐ近くからその実直そうな瞳を覗き込むと、ルカが自分の目に魅せられているのがわかる。シャハルに覗き込まれ、動けない男に、シャハルはゆっくりと頭をもたげ、唇を重ねた。

重なったルカの唇は見た目以上にやわらかく、やさしくシャハルを受け入れる。丁寧なその口づけに、男がずっとこうしたいと望んでいたことがわかる。

「魅力的な男だと思っていた」

ささやきと共に、するりと舌先を忍び入れる。ふわりとくすぐるようにルカの舌先に触れると、そこから熱が溶け合うように思えた。互いの指を絡め、唇を重ねたまま、寝台の上にもつれ込む。

熱を帯びたルカの指が、なめらかで瑞々《みずみず》しいシャハルの肌を確かめるように撫でる。

「…ぁ…」

敷布の上に身体を抱き込まれ、シャハルは声にもならないかすかな吐息を洩らした。

湿った麻布越し、兆《きざ》し始めたシャハル自身がルカの下腹にあたると、ルカは息を呑んだ。

「どうした？」

「いえ…」

あなたのような綺麗な人が、こんな風に欲望を持つなんて…という意味合いのことを、ルカはもっと遠回しに言う。

しかし、同時に形を変えたルカ自身も、シャハルのなめらかな太腿《ふともも》にかなりあからさまにあたっていることがわかる。

「もう、…こんなに？」

ルカの手を剝き出しのなめらかな白い胸へと導きながら、シャハルはルカをそっと下衣越しに握りしめた。

キスの合間にゆっくりと、それでいて巧みに指を動かしてやると、ルカは低く呻く。

そして、シャハルのやわらかな色味の乳暈《にゅううん》にそっと触れてきた。ふっくらと持ち上がった乳頭を指先でゆるく揉まれ、そのもどかしさにシャハルは喘《あえ》いだ。そこをさらに巧みにこねられると、シャハルは、ルカと強く舌を絡める。

「ん…」

シャハルは手をルカの下着の中に差し入れ、さらに大胆な動きで男を嬲《なぶ》った。それに煽《あお》られたのか、ルカはシャハルの白い喉許、首筋と唇を這わせ、ゆっくり胸許に顔を伏せてくる。

ほんのり色づいた乳頭を口に含まれ、シャハルは小さく呻いた。濡れた温かな口中が心地よい。

「…ぁっ」

ゆっくりと小さな乳頭を啄《ついば》まれると、もどかしい疼きが生まれる。

「…あ、…ん」

小さいくせに弾力のある尖りは唾液《だえき》に濡れ、赤い色に色づいて男の口中で弾む。シャハルはわずかに眉を寄せたが、唇からは濡れた吐息がひっきりなしに漏れる。

乳頭が口中でよじれるたび、自然とルカのものを握りしめたシャハルの指にも熱がこもる。

すでにツンと尖ったもう片方の乳頭もゆるく揉まれ、シャハルはさらに熱っぽい声を洩らし、薄く笑った。

「うまいな」

揶揄《やゆ》ではなく、純粋に褒めたつもりだったが、ルカはどこか切ないような顔を見せた。

「これを…」

シャハルはルカのものを握りしめたまま、喉奥に甘く絡んだ声でささやいた。

「私も、口に含みたい…」

ルカは抗いがたい表情を見せたが、それでもシャハルの身体を案じてくる。

「シャハル、もう、大丈夫なんですか？」

さっき、湯あたりしたばかりではないのかと尋ねる男に、シャハルはルカのシャツの前を開き、下着をずらしながら微笑んだ。

「いつまでも気分が悪いと、お前も困るだろう？」

そう言って、もうすでに硬く頭をもたげたルカのものを根元からゆるくしごきながら、シャハルはルカの脚の間に顔を埋《うず》めた。

力強く脈打つものが、口の中で強く弾む。

「あ…」

熱くねっとりとした口中に含んでやると、ルカは歯を食いしばった。シャハルは男のものを咥え込んだまま、忍び笑う。

上下にやわらかく舌を這わせた後、シャハルは巧みにルカ自身に舌を絡め、甘くゆるやかに吸い上げた。男を貪るのは久しぶりだ。この若さと張りとが愛《いと》おしくもある。

「…う…」

シャハルの巧みな舌使いのもたらす快楽に声を洩らす男に、シャハルはルカを咥え込んだまま、上目遣いに見上げた。

「声を殺さなくてもいい」

喉奥で言うと、ルカは声を上げて喘ぐのはあまりにも男として恥ずかしいと、苦笑しながらも首を横に振った。

だが、シャハルの口技に、久しく節制していたというものは、すでに絶頂寸前まで張りつめている。

ルカは無理を強《し》いたくないと、そっとシャハルの頭に手を添え、放してくれるようにと頼んだ。

シャハルは唾液とルカの先走りで濡れたものを上下にしごきながら、張りつめた先端に濡れた舌を押しあてたまま、放出を促す。

「出していい」

濡れた太い根元をしごきながら、シャハルは笑った。

「いえ、それは…」

「お前を味わってみたい」

シャハルは、甘い呪文のようにささやいた。

「でも…、あなたを穢《けが》すのは…」

「私がかまわないと言っているのだ」

なおもためらう男を笑うと、シャハルはさらに指を伸ばし、根元の袋ごとゆっくりと揉むように愛《あい》撫《ぶ》する。

「…シャハルッ」

さらに喉奥深くに含み、過激といえるほどの濃厚な愛撫とその根元の陰嚢《いんのう》へと手のひらで転がすような刺激を加えてやると、ルカは腰を浮かせた。

歯を食いしばってもこらえきれないのか、大きな手がシャハルの頭を抱え込んでくる。

「…っ！　うっ…！」

シャハルの頭を抱え込むようにして腰を大きくスライドさせること数度、ルカは激しい喘ぎと共にシャハルの喉奥に自身を迸《ほとばし》らせた。

シャハルは迸るものすべてを、喉を鳴らして飲み込み、味わった。さらになめらかな先端を何度も舌で拭い、清めてやる。

「シャハル…」

申し訳ない、と呟くルカに、シャハルは微笑んで首を横に振る。若い男の濃厚な精を得て、満足したのはシャハル自身だ。

温かな舌先をそっと先端から離すと、ルカは充足した深い息をつく。

シャハルは身を起こし、カップから水を一口呷った。

「久しぶりだ、男の精は…」

シャハルの呟きに、ルカは慌てた。

「すみません、口を…」

「何を謝る？　私が好きでやったこと」

堪能《たんのう》したと微笑むシャハルは、さらにルカの下肢に手を伸ばした。

「まだ、元気だな」

ランプの明かりに仄白《ほのしろ》く艶めいた裸身を晒すシャハルの姿に、ルカはあっという間に下肢の力を蘇《よみがえ》らせ、薄く頬を染めた。

「私を…」

シャハルはルカの腰に跨《また》がると、その手を腰からなめらかなラインを持つ臀部《でんぶ》へと導いた。

ルカは導かれるまま、シャハルの双丘《そうきゅう》をゆっくりと大きく揉み、その狭間《はざま》に指をあてがう。遠慮がちだが、勘は悪くない。

「…そうだ、そこを…」

しっとりと湿った箇所に指を這わされ、期待に息を弾ませるシャハルに、ルカは首を横に振る。

「シャハル…」

「どうした？　男と交わるのに抵抗が？」

甘い声で、シャハルはなおも誘った。

「いえ…、でも、あなたが…」

痛い思いをするのはシャハルではないかとためらう男に、シャハルはゆるく唇を曲げて笑う。そして、寝台のかたわらを探り、小ぶりな陶器の瓶を取る。

「痛くはない、むしろ…」

シャハルはその瓶の蓋《ふた》を取り、中からトロリとした甘い香りのする油をルカの手に垂らしながら、口づけた。

　その仕種に煽られる一方で、ルカの目にシャハルがかつて交わっただろう男達への薄い嫉妬《しっと》が閃《ひらめ》くのを、シャハルは見逃さなかった。

「こう…」

シャハルの手に再度導かれ、ルカはシャハルの指先にまとわりついたオイルと共に、そっと脚の間へと指を進めてくる。

「…ぁ」

　ゆっくりと円を描くように粘膜をなぞられ、シャハルは甘い息と共に腰を揺らせる。

　繊細な襞《ひだ》をオイルのぬめりと共に何度も撫でられ、喘ぐうち、指がぬるりとその中央のやわらかな箇所に沈み始めた。

「…ん…」

　半ば目を伏せたシャハルは、かすかな吐息と共に指を奥へと呑み込んでゆく。

「痛くは？」

「いや、むしろ、…ぁあ…、…いい…」

　ゆるやかに沈んだ指を動かされ、シャハルの視線が揺れる。切羽詰まった甘い声を洩らしながら、シャハルは腰をゆらめかせる。

　そして、ルカにそっと口づた。

「お前自身を、私の中に…」

ささやくと、ルカは抗うこともできないかのように頷く。

シャハルは薄く微笑むと、ルカの指を自分の中から引き抜き、代わりに半ば身を起こしたルカの上に跨った姿勢で、ルカ自身を後ろにあてがった。

「ん…ぁ…」

艶めかしい声を洩らしながら、シャハルはほっそりとした腰をルカの上に下ろしてゆく。

オイルの潤いに濡れた粘膜は、やんわりとルカを呑み込んだ。

「あぁ…」

逞《たくま》しいものが火照る内側をえぐる感覚のあまりの心地よさに、シャハルは小さく呻きを洩らす。

熱く力強い質量がオイルに濡れた秘所を割り、徐々に沈み込んでくる。久方ぶりに得る、強烈な快感だった。

「…っ」

シャハルは男の肩に爪を立て、喉奥から洩れる呻きを懸命にこらえる。細腰に男を受け入れると、それだけで昇りつめてしまいそうになる。

上に跨ったまま、シャハルはしばらくその濡れた銀色の瞳で、じっとルカを見つめた。ルカは細い腰に両手を添え、シャハルに導かれるまま、無理のない力でさらに奥深くを穿《うが》った。

「あぁっ!」

狭い肉の中に、ズッ…と自重でルカが埋まり込む。

軽く背筋を痙攣《けいれん》させ、シャハルは喘いだ。だが、苦痛はなく、快感が爪先まで痺《しび》れるように走る。

「あぁ…、あ…」

薄く染まった首筋から胸許にかけてを汗ばませたシャハルは、陶然とした表情で上下に腰をくねらせる。

「…くっ」

ルカは歯を食いしばり、シャハルの腰を両手でつかんだ。

動きを阻まれたシャハルは、男の上に跨ったまま、責めるような目でルカを見る。

「あなたの動きがあまりにすごくて…」

ルカは低く詫びると、ゆっくりと腰を突き上げ始めた。

「あ…、あぁ…」

シャハルは呻きながら、その突き上げにあわせて腰を揺らす。

ルカが胸許に口づけ、赤く硬起した乳頭を強く吸う。

「あっ、いいっ、…ぁっ」

シャハルはその髪に、指を絡めた。ルカの力強い腕が、シャハルを逃がすまいとするかのように抱き寄せてくる。

汗ばんだ身体が桜色に上気し、シャハルはしばらく自分の快感だけを夢中で追った。

「あ…ッ、そこ…、ああ、奥に…っ」

最奥を突かれるたび、身体が男の腕の中で細かく震え、よじれる。オイルの蕩《とろ》ける音や、肉のぶつかり合う卑猥《ひわい》な音が大きく響くのにも煽られた。

強くえぐられる粘膜は赤く濡れ火照り、はしたなくめくれ上がっているのが自分でもわかる。

「シャハル、もう…」

ルカの切羽詰まった声に、その腰に脚を絡めたシャハルも堪《たま》らず身悶《みもだ》えた。

「あっ、奥に…、私の中に…」

ルカの手が、反《そ》り返ったシャハルのものを握りしめる。

「あっ、もう、イく…、イくから…っ」

腰を震わせ、シャハルは喘ぐ。

ルカは体勢を入れ替え、シャハルの身体を敷布の上に押さえ込んだ。

「ああっ…、中に…、中に…」

白い両脚を高く抱え上げられ、シャハルは上擦った声でせがむ。

シャハルの脚を抱え込んだルカは、その唇を口づけで覆った。

「んふっ、んうっ…！」

舌先を強く絡めとられ、大きく膨れ上がったものを体奥深くに埋め込まれる。

待ちかねていた瞬間と強烈な快感に、シャハルは大きく胸を喘がせた。

「んんっ…！」

男の広い背中に腕をまわしたシャハルは、背筋を大きく震わせる。

「あ…っ、熱…ぃ…、ぁあ…」

身体の内側深くに、ドクドクと熱い飛沫《しぶき》が放たれる。

なおも貪欲《どんよく》な動きでその飛沫を受けとめながら、シャハルはうっとりと甘い感覚に目を細めた。


「あなたに感謝を…」

ルカは少し身体を起こすと、敷き布の上に気怠く投げ出されたシャハルの手を取って、その手首の内側に口づけた。

「私こそ…」

シャハルはこれまでにないやさしい笑みと共に、ルカの髪をそっと梳《す》く。

「辛《つら》くはなかったですか…？」

「辛い？」

ルカは口にはしがたい過去の記憶に幾度か言いよどんだ後、首を横に振る。

「…いえ」

やむを得なかったとはいえ、公言できない行為であることは知っていた。そして、いつもその記憶は一方的に利用されているようで、楽しいものではなかった。食料や衣類と引き替えに、自分の何か大事なものを売り渡しているような気になった。

　自分は男だし、女性が相手であったこともある。一方的に被害者面をするのは間違っているとも思う。しかし、楽しいと思ったことは一度もなく、それは常に義務的な思いの方が先立っていた。

　シャハルはルカの指に自分の指をやわらかく絡めてくる。

「誰かと身体を重ねるのは、お前にとってはあまりいい記憶ではなかったのか？」

　ルカがかすかに唇の両端を上げると、シャハルはもう片方の手でルカの顎に手を添え、目の奥を覗き込んでくる。

　いつも不思議な、心の奥まで見透かすような銀色に光る美しい瞳だった。

「別に悪いことではない、生きていくためだったのだろう？」

　まるでルカの過去を見てとったように、シャハルは低く呟く。

　確かにそうだったはずだが、今、シャハルの前でそう口にするのは単なる言い訳のような気がして、ルカは応えることもできずに目を伏せる。

　シャハルはそれ以上尋ねることもなく、枕許《まくらもと》に置いてあった水煙草へと手を伸ばした。

「私はずいぶん堪能した。お前もそうだといいが…」

　ルカはそれを手伝い、ランプから火を移してやる。

　ディークの言ったとおり、水煙草が必要かと尋ねると、シャハルはずいぶん嬉しそうに頷いた。なので、あの日、ルカは市場に取って返して買ってきた。

だが、これはあくまでもシャハルの金で購入したものだ。

「お気に召しましたか？」

水煙草の煙を胸の深くまで吸い込むシャハルに、ルカは尋ねた。

「ああ、悪くない」

シャハルは微笑む。

「お前は？」

ガラス製の吸い口を差し出され、ルカは首を横に振る。

「あまり煙を吸うことに慣れていなくて」

一度シャハルに買って帰った際に試してみたが、慣れないというのは本当だ。それに加えて、世話になっている身でやたらと嗜好品に手を出すのも気が引ける。酒もこれまで、自分から進んで口にしたことはない。

「お前は何か欲があるのだろうか？　ここにいるのは、肩身が狭いだろうか？　何か望みがあるなら、聞きたいのだが…」

帳の内側でルカの胸に覆いかぶさるようにしながら、シャハルが尋ねる。

「望みと言われても…、今は、ここに置いていただけるだけで十分です」

戸惑うルカに、シャハルは煙の向こうで綺麗な形の目を細めた。

「お前は欲がない」

ディークと同じような言い分なのだなと、ルカは苦笑してそっと手を伸ばす。

「では、髪に触れても？」

「髪くらい…」

ルカはさらさらとしたくせのない黒髪に、愛《いと》しみを込めてそっと口づけた。首をかしげるシャハルに、ルカは微笑む。

「買い物の合間に市場をかなり見てまわったのですが、私の故郷での薬師みたいなものはないのですね」

「薬師はないかな？　医師はいるだろうが、この街で見てもらうのはそれなりに値が張るし、市場からは離れた、金持ちが住む住宅街に住んでいる。一度診てもらうと高く付くので、大商人や一部の富裕層が頼むぐらいだ。医師を頼めないそこいらの者は、自分で自家製の薬を作るが…、まぁ、湿布程度かな？　痛み止めには、阿片《あへん》商人から阿片を買う」

シャハルの驚くような言葉に、ルカは目を瞠る。

「このあたりでは、阿片は一般的に売られているものなんですか？」

「まぁ、薬とみなされているし、医師も用いる。効き目も強い」

シャハルは何でもないことのように、肩をすくめてみせた。

「個人的には、中毒性があるので、日常的に使うのはあまりお勧めしません」

「…お前、北方の人間だが、阿片についてもそれなりに知識はあるのだな」

ほう…、とシャハルは水煙草の吸い口を唇にあてがいながら、銀色の目を細める。

「一応、父に教えられた限りは…。でも、まだまだ自分でも学ばねばなりませんし、父から教えられたものを書き留めた綴《つづ》り書きは捕まったときに奪われてしまったので、今、頭の中にある薬についての知識が私のすべてです。それ以上のことは、自分で学び、身につけていかねばなりません」

ルカは一度口をつぐみ、できれば…、と少し前から胸の内で温めていた案を男に打ち明ける。

「この市場で『薬師』として店を構えることはできないかと思っています。ディークに尋ねたところ、売上から市場で定められた一定額を支払えば、店を構えることもできるとか」

「店を望むのか？　それはいいな」

寝台に横たわっていたシャハルは、薄く微笑みながら身を起こす。

「場所はどこがいい？　『薬師』としての店は、まだこのサーミルにないが、阿片商人らの近くなら場所も取りやすいかもしれない。人通りの多い一画に渡りをつけよう。お前の望む場所はあるだろうか？」

渡りをつけるというシャハルの意図を察し、いえ、とルカは首を横に振る。

「最初は広場や、場合によっては市場の外での辻《つじ》商いでいいと思います。辻商いなら、そこまで複雑な調合のものは出せませんし、その分、材料費もさほどはかかりません。街の外に行けば、手にはいる薬草もありますから」

「そうなのか？」

シャハルは読みづらい表情となると、起こしていた身体を引いた。

このルカに非常に親身になってくれる男をがっかりさせたのかもしれないが…、とルカは申し訳ない思いでシャハルを見た。

「お気持ちはありがたいですが、そこまでしていただくつもりはないのです」

「気にすることはない。お前の望みを叶えたいというのは、私の勝手な思いだ」

シャハルは身を伸ばし、ルカの唇の端に口づけてくる。

「いえ…、それではお言葉に甘えて、道具を少々お借りしてもよろしいですか？」

「道具？」

「ええ、計量器具やすり鉢、刃物類などの薬の調合に使うものです」

シャハルの持っているいかにも高価そうな実験器具の中でも、ルカの使いたいのは本当に基本的で安価な調剤のための道具だった。

「それは、むろん。自分のものだと思ってくれていい」

シャハルはにこやかに請け合う。

「あと、よろしければ、スパイスや蜂蜜の類を少々…。これは、後でお返しします」

「それぐらい、自由に使ってくれてかまわないが。私にできるだけのことはしよう。遠慮はいらない。何でも、相談して欲しい」

水煙草の吸い口をかたわらへやり、シャハルは一糸まとわぬ身体で、再びルカの上に乗り上げてくる。ふわりと水煙草の薄荷《はっか》の涼しい香りが、その唇から漏れた。

「お前の望みは、何でも叶えてやりたい…」

ルカの色素の薄さとは異なる、内側から光を放っているようなしっとりとした白い肌が重なってくると、ルカは再び、昂《たかぶ》りを覚えた。

それをすでに心得ているように、ゆるやかにシャハルの指がルカにまとわりついてくる。

「…すみません」

「どうして謝る？　私を求めてのことだろう？」

蜜のように甘い声が、薄暗がりの中でささやく。

合わさった唇から、まるで欲望をとろとろと流し込まれているようだった。かつてないほどに節操なく、重なったなめらかな肌をまさぐってしまう。

身体を重ね合うのは、こんなにも気持ちのいいものだったのかと、ならば、これまで自分を淫《みだ》らな目で見てきた男や女達の気持ちもわかると、ルカはシャハルの均整の取れた身体に溺《おぼ》れた。

「…ぁ」

すでに硬起している乳頭に指が触れると、濡れた声が洩れる。

「…シャハル、自分が信じられない」

このまま抱き壊してしまいたいと、ルカはその乳頭を指先で強くつまんだ。

「…ぁっ、お前に触れられると、私も…」

切なげな吐息と共に、濡れて昂ったシャハル自身がルカに重ね合わされる。

「ん…」

信じられないほどに艶めかしく、シャハルはお互いを重ね合わせたまま、腰をゆらめかせる。

ルカはいつになく荒々しく喉奥で唸り声を洩らすと、細い腰を抱き寄せ、双丘の狭間を割った。

「んぁ…っ」

さっきまで、散々にルカを咥え込んでいた箇所の内側はまだルカの放ったもので濡れており、いとも容易にルカの指先を呑み込んでゆく。

「ああ、また…」

欲しい…、と耳許でささやく声にルカは呻き、シャハルと体位を入れ替えて、そのしなやかな身体を組み敷いた。

V

シャハルは睦《むつ》み疲れて隣で眠るルカの瞼《まぶた》の上に手をかざし、その眠りをさらに深いものにする。

そして、青年が完全に眠り込んでいることを確認すると、するりと寝台を下りた。

ルカと睦み合って得た精気で、葡萄や蜂蜜酒を口にしたとき以上に身体中が満ち足りている。腕を伸ばすと、暗がりの中に細かな光の粒子がさらさらと内側からこぼれ落ちるのが見える。

シャハルは濡れた下肢を布で拭うと、唇に笑みを刻み、帳をくぐった。

ランプの細く灯った居間に脚を進め、シャハルは呼びかける。

「…アイオス」

「ここに…」

応えたのは、黒豹の石像があったところに横たわっていた生き物だった。

「お側に、シャハル様」

シャハルは宝飾品以外は、何もまとわぬ姿で床の上にうずくまっている生き物の前にしゃがむ。

「長らくお待たせいたしました」

唸るような喉声で、その生き物は床の上に低く頭《こうべ》を垂れ、シャハルに詫びる。

「お前のせいではない。私こそ、長くお前を石のままで待たせたよ」

シャハルは黒く大きな生き物の頭の上に、そっと手を置く。

温かくなめらかなその毛並は、つるりと手に馴染む。

頭を撫でられ、嬉しげに喉を鳴らしながらシャハルを見上げるのは、見事な黒豹だった。

黒い姿は床の上の闇に紛れがちだが、金色に光る目と見事な光沢ある毛並とは、ランプの炎にぼうっと浮かび上がる。

「よく戻った」

シャハルは自分に身体を寄り添わせてくる黒豹の頭を、やわらかく抱いた。

四章

I

その日、外出から戻ったルカは、店の中に黒髪の男を見かけて少し驚いた。

客との取引があることは知っていたが、実際にシャハルの店の中で客らしき人間を見るのは初めてだった。

シャハルと親しげに何事か話しこんでいる男は、このあたりでは珍しく髪をかなり短く刈り込んでいる。背丈はルカほどではないがかなり高い部類で、身体つきは引きしまっている。年の頃は三十五、六といったところだろうか。

髪も瞳の色も真っ黒で、鼻筋が太くまっすぐに通った精悍《せいかん》な顔立ちだが、目は物静かで理性的に見えた。全体的に色味の濃い、飾りの少ない服の上に、膝丈ほどのやはり黒に近い布を羽織っている。

男に丁寧に会釈され、ルカも目礼を返すと、シャハルが男を示した。

「紹介しよう、アイオスだ」

商談の邪魔にならないように奥へ向かおうと思っていたルカは、男を紹介されたことに驚きながらもこの地の言葉で挨拶した。

『初めまして、ルカです』

男はおだやかな物腰で応える。

「ご挨拶できて、光栄です。アイオスと申します」

その太く低い声に、この男も自分の国の言葉を話せるのかとルカは驚く。しかも、シャハル同様に流暢《りゅうちょう》で、まったくよどみも外国語訛《なま》りもない。

最初に自分を助けてくれたシャハルの祖父にはあの晩以来会っていないが、市場ではまったく別のこの地の言葉を話しているというのに、こうまでルカの母国語を話せる人間がそろっていることに、驚きと同時に戸惑いも覚えた。

これほどルカの故郷の言葉が話せる人間が集まっているならば、シャハルはルカの故郷について、言葉が話せる以上の何かしらの知識——具体的な所在やそこまでの距離について、多少なりとも知っているのではないかと、思わずシャハルとアイオスの顔とを見比べてしまう。

しかし、シャハルはいつもの謎めいた笑みを浮かべるばかりだ。

『私の拙《つたな》い言葉よりも、あなたの方がよほど上手に私の故郷の言葉をお話しになりますね』

異国の商人らが多数出入りするこのサーミルの街では誰も意に介さないが、自分の話すサーミルの言葉がまだまだ片言に過ぎないことを知るルカは、実直そうなアイオスに言った。

「ルカ様こそ、このサーミルに来てひと月ほどだというのに、とても努力されておいでだと思いますよ」

「いえ…。あと、どうぞ、ルカと呼んでください」

ルカの申し出にも、アイオスは胸許に手をあてがい、かすかに頭を下げるだけだった。

「このアイオスは市場には詳しい。お前が市場に店を出すのを手伝えるだろう」

シャハルに言われ、ルカは驚いてアイオスを見つめ直す。

「よろしければ、ご同行いたします。多少のことなら、お手伝い出来るかと思いますので」

「それはもちろん助かりますが、最初は辻商いから始めようと思っていたので、それでも大丈夫ですか？」

アイオスに同行を頼むと、シャハルの采配を受けたこの男が気を利かせてさっさと出店費用などを用立ててしまいそうなので、あらかじめ断っておくと、アイオスはそれもかまわないという。

「辻商いも、場所取りにはそれなりの交渉が必要ですので、私がお役に立つでしょう」

いったい、どのような薬を商うつもりなのだと尋ねられ、ルカは市場で買った丁子《ちょうじ》や肉桂《ニッキ》などのスパイスの他、街の外で入手してきた木の枝を見せる。

「一番商いやすく、安価で売ることができるのは、痛み止め、傷薬、消化薬かと思って」

スパイスを手に取り、なるほど堅実だな、とシャハルは呟く。

「その枝は？」

「これはヤナギの一種です。細かく砕いて煎《せん》じてやると、痛み止めによく効きます。苦みもきついですが」

「なるほど、確かにヤナギはこの地でもかつては痛み止めに用いられていた。今は阿片がもっぱらだが…。お前の持つ知識は確かなものだ」

頷くシャハルに断り、ルカは中庭で明るいうちに調合作業をしてしまうことにする。

材料を手に中庭へと向かいかけたルカは、よく馴染んだ黒豹の石像がないことに気づいた。

「あの大きな黒豹の石像は売れたのですか？」

独特の雰囲気を持つあの石像が好きだったとルカが尋ねると、ああ、とシャハルはにこやかにルカを振り返る。

「近いうちに本物の黒豹が出入りするかもしれないな」

「豹はまだ、絵や像でしか見たことがないです」

まだ市場でも見かけたことがないと言うと、シャハルはアイオスと目交《めま》ぜして笑った。

「なら、本物を見かけたら可愛《かわい》がってやってくれ。うちのは、とても利口だ」

そんな二人の親密さにやや疎外感を感じながらも、ルカは、ええ…、と頷いた。

Ⅱ

看板となるように、手頃な大きさの板に『薬』とこの地方で通用する三種類の言語で書いてくれたのはシャハルだった。

シャハルはその看板の上部に、風を受けてゆるやかに回転する、薬入れをかたどった手の込んだ看板飾りをつけてくれた。

ルカはその板にさらに人の絵を描き添え、具体的に薬の作用する箇所を丸で囲って、言葉の読めない者にもわかりやすくした。

その特徴のある看板のおかげか、言葉の通じない民にも薬はそれなりに売れた。

サーミルの土産《みやげ》代わりにもなるらしい。薬を購入する人々の半分はサーミルに住まう人間で、半分はそんなサーミルに商売のために外から足を運ぶ人々だった。

シャハルやディークの言葉に従い、手に取りやすい手頃な値段を設定したのもよかったのだろう。比較的、効果が出やすい、わかりやすい薬を扱っていたのも功を奏した。

最初は興味半分、効けば儲《もう》けものという程度に買っていった人間の口から噂が広まり、ひと月程度でそこそこに売り上げが得られるようになった。

最初に借りたスパイスの材料費などもシャハルに返し、自分用の調剤道具を調達できた頃、ルカは他に薬は置いていないのかという注文に応じ、いくつかの薬も別料金で調合するようになっていた。


その日もルカがディークと共に広場で薬を商っていると、少し前から定期的に薬を買ってくれる老人が顔を出した。

『頼んでいた薬はできてるかね？』

痛風に効く薬はないかと言われ、少し前に一度薬を調合して渡したことがあった。

『ええ、こちらを。具合はいかがですか？』

ルカは埃よけにもなっている口許を覆う布を下げ、木箱から薬を取り出す。毎日、市場に立つようになってからは少しずつ日に焼けてきたせいか、あまり顔そのものを出していても肌の白さを指摘されることはなくなった。

逆に、強い陽射しと砂埃を遮るために口許を覆っているぐらいだ。人と話すときには布を押し下げ、少し口許を覗かせるようにしている。いくらか表情が見えた方が、薬の買い手も安心できるだろうと思ってのことだった。

『痛みはね、この間、作ってもらった薬がかなり効いたよ。今から痛みの発作が来そうだなっていうときに薬を飲んだら、本当にましだった。助かったよ』

足首と膝とにひどい痛みがあったという老人は、笑顔となる。

『それはよかった。でも、この痛み止めを飲むのは、本当に痛みが来そうだなというときだけにしてください。とても強い薬です。飲み過ぎると、身体には毒になりますから』

以前、痛風以外には効かない特殊な痛み止めを手渡したルカは、肩に止まったディークの助けを得て片言で説明しながら、さらに三回分の痛み止めを渡す。

『あと、この間言ったように、食事は野菜をたっぷりと。肉類はできるだけ控えて、お酒はやめてください。痛みの発作が起きないようになったら、痛風そのものを治す薬をお渡しします』

『できれば、今、その痛風を治す薬が欲しいんだがね』

『痛みの発作止めは強い薬なので、同時には飲めないんです。なので、まずは痛みの発作が起こらないようにしてやってから、次に痛風を治してゆく薬を飲み始めます』

ルカは棒の先で地面に簡単な絵を描き、片言ながらも丁寧に説明する。

『あんたの説明はわかりやすいね。それに病気にとても詳しい。食事についてまで教えてくれて、助かるよ。この街の医者はふんぞり返って高い金を取るばかりで、ろくに説明もしてくれない』

若いのに感心だ、と褒めた老人は、肩のディークを指さした。

『可愛い鳥だ』

ルカはディークを見やり、曖昧《あいまい》に微笑む。確かにいつも笑っているような愛敬のある顔をしているが、可愛いというのとは少し違うような気がする。

だが、感想は人それぞれだ。老人の言葉を額面とおりに受けとめられないのは、ディークの毒舌を知っているせいかもしれない。

『何か歌ってでもいるようだ』

ディークがルカの国の言葉で通訳していると、よくそう声をかけられることはあった。

『いい鳥です』

ルカが頷くと、老人も頷く。

『あんたの薬がよく効くと、うちの客や近くの店の主らにも宣伝しているんだ。この痛風の発作止めだけじゃない。孫の火傷も、あんたの言うとおりにしたら、きれいに治った。今日も同じ痛風持ちの客に、あんたに発作に効く薬をもらったといったら、えらく羨《うらや》ましがって詳しく聞かれたからね。そのうち、来ると思うよ』

市場のそれなりに大きな店で穀類を商っているという老人は、礼を言って戻っていった。

「そりゃあ、あんなに薬の効き目を広めてまわってくれるじいさんが何人かいれば、客も増えるわけだな。それなりの売り上げになってきた」

客が客を呼んでくる、いいことだ、と褒められたことに気をよくしたらしきディークは、老人を見送って言う。

「私の国の言葉は、歌みたいに聞こえるんでしょうか？」

「まぁ、そんなもんなんだろう」

ディークの返事はいい加減なものだ。

ルカは苦笑しながら、老人から預かった金をしまい、少しずつ違う長さに切った葦をナイフで削り、軽く息を吹き込んでみてはその音を確認する。時には連続して違う長さの葦を吹いてみて、音を聞き比べた。

「さっきから、何をしている？」

「私の国の楽器を作っています。ナイと呼ばれる葦笛なのですが、この市場では見かけなくて。葦はこの間、街の外で見かけたので、これで作ってみようかと」

「ほう、面白《おもしろ》い才能があるな」

「私の村でのささやかな娯楽です。吹き方や、曲は父や祖父から教わりました。冬が長い地方ですし、村での祝い事などでは自分達が演奏しなければならないので」

この街は楽器を演奏する芸人も多いですが…、とルカは今日もどこからか聞こえてくる賑やかな音楽にちらりと顔を上げる。そして、削り出した葦を長いものから短いものへと二十二本ほど順に並べ、細い縄と削り出した薄い板とで、器用に編み込んで留める。

「器用なものだな。楽器の形になってる」

「本当はもう少し凝った形にしたいのですが、とりあえず…」

ルカは編み込んで固定した葦笛の強度を確かめると、軽く吹き鳴らしてみせた。

ほう、とディークはまたひとつ、感心したように喉を鳴らす。

ルカは目許を和ませると、そこから短く断続的に息を吹き込む、テンポのいい軽快な曲を演奏してみせた。

演奏の途中で足を止めて聞き入っていた男の一人が、薬を並べた台の上に硬貨を数枚置いてゆく。

「初めて聞く曲だが、悪くない」

対価もあったと、ディークは置かれた硬貨を数えた。

「そういうつもりではなかったんですが…、でも、確かにこの国の曲とはリズムも曲調もまるで違います。ここへ来たときには、驚きましたから」

『あんた、他に何が弾ける？』

興味深げにルカの手許の葦笛を覗き込んでいた別の男が、声をかけてくる。

ルカははにかみ笑いを浮かべ、では…、と別の曲を吹き出す。今にも踊り出したくなるようなリズミカルな曲に、徐々に人が集まってくる。ルカは思っていた以上の人だかりに、はにかみながらも求めに応じて何曲かナイを吹いた。

曲に釣られて集まってきたついでに薬を買う者もいて、店じまいの時間にはいつもよりもさらに売り上げが増えていた。

「今日は予想外の収入がありました」

店じまいをしながら、ルカは苦笑する。

「いいことじゃないか。今度から、そのナイとやらで客集めをすればいい」

「そんなつもりはなかったんですが」

ディークの軽口に、ルカは台の下の薬の在庫を入れている箱を背負いながら尋ねた。

「宝飾品の良《よ》し悪《あ》しには詳しいんですか？」

「まぁ、それなりにな」

ディークは胸を張る。

「何か、シャハルにお礼になるものを探したいのですが…」

「言っちゃなんだが、シャハル様は宝石や貴金属の類には、まったく苦労していない。身につけているものも、お前の稼ぎ程度ではとても買えないようなものだぞ」

「そうでしょうね。意匠もとても繊細で凝っています」

ルカはシャハルの身につけているものを思い、頷く。

「気持ちはわからんことはないが、そんなところで金を使うよりも、貯《た》めておいた方がいい。何か目的があってのことなんだろう？」

「目的というよりも、生き甲斐《がい》のようなものでしょうか？ 自分がいることで、人の役にたてる。大金を貯めたいわけではないのです。必要とされることが嬉しくて…」

「聖人みたいなヤツだな」

ディークは呆れ声となる。

「元気に働きたいっていうなら、それこそ、シャハル様に頼めばどうだ？」

ルカは声を上げて笑った。

「それは自己管理のうちです。そんなことをシャハルに頼むのは、筋違いというものです」

「まぁ、それはさておき、礼がしたいというなら、シャハル様に今の演奏をお聴かせしたらどうだ？ きっと、喜ばれるぞ。今、かなり退屈されてるからな。水煙草も、喜んでいただろう？」

「家の中では、鳴り物は迷惑では？」

「かまわんだろう。それよりも、きっと楽しまれると思う」

ぜひに、と珍しくディークは強く勧めた。

Ⅲ

中庭でルカが板を削り、何か作業をしている。

シャハルの足首につけた鎖がシャラリと鳴る音に、ルカは顔を上げた。

「何か作っているのか？」

「ええ、私の故郷の楽器を。形は出来上がったので、その台座になる部分を作っています」

言いかけ、振り向いたルカは、シャハルの横に寄り添うようにしている大きな黒い豹に驚いたようだった。手にしていた削り出し用のナイフを取り落としそうになって、慌ててそれを持ち直す。

シャハルは小さく忍び笑いを洩らした。

「これが、前に言っていた…？」

ルカは興味深げに黒豹を見る。

「ああ、本物がやってくると言っただろう？　大丈夫だ、身内に危害は加えはしない。とても、利口だからな」

鎖も何もつけていない黒豹は、なめらかで光沢のある毛並を持っている。見た目は猫に通じるものがあるが、首まわりや手足、鼻筋などはがっしりしていてはるかに力強く大きい。利口そうな瞳は金色で、シャハルの足元でじっとしている。

必要以上にルカとの距離を測ることもなく、威嚇《いかく》することもない。

「確かに、とても頭がよさそうです。…触っても、大丈夫ですか？」

「もちろん。下手な人間よりはよほど信用できるからな」

立ち上がったルカが近寄り、そっと手を差し伸べると、黒豹は目を細めて喉をぐるぐると鳴らし、その手に頭をこすりつけた。

「雰囲気が、どこかアイオスさんに似ています」

こんなことを言ったら、叱られるだろうかと呟くルカに、シャハルはまた小さく笑う。この男の生来の勘のよさ、察しのよさは嫌いではない。慎み深いが、頭のいい男だった。

「アイオスと呼ぶと、喜ぶぞ」

冗談めかしたシャハルの言葉に、どこまで本気にしたものかとルカは迷っている様子だった。

「葦笛の演奏がうまいと、ディークから聞いた」

市場でも人が集まって、かなりの小銭を置いていったと聞いている。

「うまいかどうかはわかりませんが、子供の頃から演奏していたので」

どこまでも謙虚な男は言う。

「この地方にはない笛らしいな」

シャハルが手を差し伸べると、ルカは仮組みで完成させたナイを手渡してくる。これに台座を取りつけて、補強するということだろう。

「ええ、市場では見かけないので、自分で作ってみました」

「これは昔…、遠い昔には広く知られた笛だ。いつのまにか、このあたりでは見かけなくなっていたが…、お前の地方には残っていたんだな」

いつのまにか消えてしまった楽器を偲《しの》ぶシャハルに、ルカは小さく笑った。

「あなたはそんな昔のことまで、本当に何でも知っていらっしゃる」

まさに昔、演奏するのを聞いたとは言わず、シャハルはルカを促した。

「吹いてみせて欲しい」

ルカは市場で最初に吹いたという軽快な曲を、再び奏でてくれる。

「ほう、見事なものだな」

椅子に腰かけ、しばらく目を輝かせて聞き入っていたシャハルは、途中から楽しげにリズムを取っていた。ルカの地方に細々と残っていたこの素朴な葦笛は、民族性にあわせた独自の曲を作っていたらしい。

「他にも、聴きたい。初めて聞く曲だが、踊り出したくなるようだ」

「祝い事で、皆が楽しく踊るときに弾く曲ですので」

ルカは子供の頃、村の祭りで母と共に小刻みにリズムを取りながら踊ったのだと微笑む。

「だろうな、これで踊り出さない人間がいたら不思議だ」

ルカの瞳の中に、微笑んで踊る美しい母の姿を見て取り、シャハルは頷いた。

「他には？　もっと違う曲も吹けるのか？」

「では、少し最初の方が静かな曲で、『クローバーと羊飼いの娘』という曲を」

クローバーはこのあたりではまったく見かけない植物だと言いながら、ルカは穏やかで素朴な曲を奏でてみせる。緑豊かな故郷の森や山々の風景が見えるような曲調が、途中からテンポが速くなり、小刻みに身体を揺さぶって踊りたくなるような曲へと転じる。

シャハルは最後まで聞き終えると、歓声と共に拍手を送った。

「いいな、旋律そのものは素朴だが、変化に富んでいてずいぶんいい曲だ」

「母も、この曲を好んでました。頼まれて、何度か吹いたことも」

「お前の母は、父親よりも先に亡くなったようだが…」

「ええ、弟の出産の時に。胎盤の位置が悪かったそうです。ひどい出血でそのまま…。親子共に助かりませんでした。産婆にも父にも手の施しようがなかったそうです」

「それはそうだろうな」

けして恵まれた人生ではないだろうに、それでも誰かを恨むこともなく、穏やかにこの異国の地で暮らすルカの存在は、今のシャハルの心を慰める。ここへやってきたのが、この男でよかったと今はしみじみ思う。

この男にしてみれば、偶然に偶然が重なり、たまたまここへやってきただけなのだろうが…。

シャハルは立ち上がると、ルカの頬に口づけた。

小さく微笑むルカに、シャハルはなおもナイの演奏をねだった。

「もう少し聴かせてくれ。そうだな、次は静かな曲がいい」

ルカは頷くと、魅力的な旋律を奏で始めた。

Ⅳ

その日、ルカは市場の東の区域にアイオスと共に足を運んだ。

痛み止めに使うヤナギはともかく、このあたりはルカの故郷とは異なり、あまり薬の原料となる野草がない。郊外は砂漠に近い荒れ地が広がっており、基本的には乾燥した土地のため、森や林へ行けばそれなりに薬草が手に入った故郷とは状況が異なっていた。

そのため、東方から来る隊商がスパイスなどと共に珍しい薬草や薬物を運んでくると聞き、少し薬の種類も増やそうと思っていたルカは普段は足を運ばない区域に向かった。

もっと南方の都へ運ぶという薬の材料の中から、数カ国語に通じたアイオスの助けも得て、幾種類かの薬草と特殊なスパイスを買い入れる。

「虫の抜け殻が薬になりますかね？」

普段はあまり口数の多くないアイオスが、東方から来た商人に虫の抜け殻が滋養強壮に効くと説明され、ルカと肩を並べながら首をひねる。

正直で、実直な男だ。シャハルに紹介されて以降、ルカと同じようにひと部屋を与えられ、シャハルの家に寝起きするようになった。口数はディークほど多くはないが気質が穏やかで、シャハルからの依頼もあって、何かと手伝ってくれる。

遠縁のようなものだと言ってたが、年齢的にはアイオスの方が上でも、立場的にはシャハルの方が上に見える。

個人的には親しみも覚えるし、信頼しているが、シャハルとの間にはルカには理解できない親密さがある。昔からよく知った仲だと聞いたが、ルカにはひと口には説明できない複雑な思いもあった。

実直な相手だとわかっているが、自分と同じようにシャハルとも関係したことがあるのだろうかと勘ぐってしまうのは、つまらない邪推だ。

居候してシャハルの庇護《ひご》を受けているのは自分の方なだけに、あれこれと口出しするのも憚《はばか》られた。

ひとつ屋根の下にいるので、シャハルがルカと関係していることは知っているだろうが、アイオスもシャハルも何も言わない以上は、互いに干渉はしない、されないという暗黙の了解があるようだ。

安易には口にすることもできないような、割り切った空気があった。

シャハルはいかにも引く手数多《あまた》の魅力的な人間だし、性的にも奔放なのはわかる。互いに大人同士だという割切りもあるのだろうか。

ルカも込みいった痴情のもつれは不得手なので、あえて自分からはそれに触れずにいた。

「父から雑学程度にそんな話は聞いたことがあります。遠い東方では虫を薬に使うこともあるらしいと…。父は効能はよくわからないとは言っていましたが、刺したところを麻痺《まひ》させる虫もいるので、そういった効果を期待するんでしょうか？」

「蛇は、南方では薬にすることもありますが…」

むろん、その毒は昔から毒殺に使われてきたこともあるとアイオスは断る。

珍しいアイオスの講釈を貴重なものとして詳しく聞いていたルカは、さる大きな屋敷の横を通りかかったとき、その二階の張出し窓に立つ人影に思わず足を止めた。

「…エリアス？」

呟くルカに、アイオスも化粧漆喰の施された優美な形の窓を見上げる。

「褥《しとね》小姓？　…お知り合いですか？」

目も覚めるような青の上質の絹の服を身につけ、真珠や宝石で美々しく着飾らされた少年の姿は、誰の目にも性奴に見えるらしい。

ここ数ヶ月で髪は胸にかかるほどに伸ばされ、幾筋かを宝石のついた髪飾りや真珠でベールを留めつけられている。肌はもともと白いが、唇には薄く紅を差されているような不自然な赤さがあった。

なのに、表情にはまるで生気がない。

「知り合いというか、私と共に奴隷馬車に乗せられて、この街に連れてこられた少年です」

自分もあの中年男の屋敷を逃げ出せなければ、このような生気の欠けた生きる希望も何もない顔になっていたのだろうかと、ルカは息苦しい思いで少年を見上げる。

そのとき、こちらを向くとは思っていなかったエリアスの目が、ルカへと向けられた。ルカはほとんど反射的に、少年に向かって手を挙げてしまう。

しばらくぼんやりとルカを見ていた少年の瞳が、やがて不思議そうに細められるのに、ルカは顔を目の下まで覆っていた布を押し下げた。

「エリアス!」

思わず名を呼ぶと、少年は窓の格子に手をかけ、食い入るようにルカを見つめた後、叫ぶ。

「ルカ!」

少年が自分の名前を覚えているとも思っていなかったルカの前で、エリアスは格子に手をかけ、懸命に揺さぶろうとする。

だが、妾や奴隷の逃亡防止のための格子なのだろう。見た目には美しくとも、天井から床まである格子は、微塵も揺れる様子がなかった。

エリアスはもう一度、ルカの名を叫び、何事か続けて言うが、言葉が違うために聞き取れない。

しかし、悲痛な少年の叫びはわかった。

格子越しに何事か叫び続けるエリアスの背後から、使用人らしき男達が二人がかりで手をかける。

「ルカ、顔を隠して!」

ルカの腕をつかんだアイオスの性急なささやきに、ルカは押し下げていた布を慌てて目の下まで引き上げる。

少年が窓辺から引きずられて姿を消すのと同時に、使用人が格子越しに通りを覗く。ルカはアイオスに促されるまま、足早にそこを離れた。

屋敷の前を離れてからも、ルカは思わず何度も後ろを振り返って溜息をついてしまう。

そんなルカの思いを、アイオスは早々に察したようだった。

「あの家は、門も塀も高い。あと、あの屋敷にはそれなりの数の警備がいます。お気持ちはわかりますが、そう簡単には助けられないでしょう」

アイオスの言葉通り、かなりの有力者の屋敷なのだろう。侵入者や賊に備えてか、塀は簡単には越せないほどに高いものだった。いわゆる、忍び返しの類のものも壁の上に並んでいる。

ルカはこの街でエリアスと別れたとき、予想外に少年が自分を心の支えにしていたらしきことを思い出す。異国で知った顔を見て安堵する思いは、ルカも同じだった。

「彼も拉致されて、ここに連れてこられたようですね」

奴隷の境遇は、どれも似たようなものだとアイオスは言う。

「ええ、シャハルのお祖父さんやシャハルに助けてもらえなければ、私も同じような立場にされていたのかと思うと、とても彼の身が他人事《ひとごと》だとは思えないのです。ましてや、まだ彼は私よりもはるかに幼い…」

すでに両親共にないルカとは異なり、エリアスはどうやら故郷に家族がいるらしき雰囲気だった。

待つ者、探す者がいる雰囲気は、言葉が通じなくともなんとなくわかる。

自分は逃げ切れて、まだ少年のエリアスは逃れることもできず、あんな風に着飾られて他人の欲望のままに玩具《おもちゃ》にされていることを考えると、気が重くなる。

ひと言では口にはしがたい罪悪感に考え込むルカをどう思ったのか、シャハルの家近くになってアイオスが口を開いた。

「一度、シャハル様に相談なさっては？　何か、いい知恵をお持ちかもしれません」

エリアスを逃してやりたいというのはルカの希望であって、あえてシャハルの手を煩わせるのは違うような気もする。

しかし、確かにシャハルなら、なにがしかのツテも持っていそうな気がした。

ルカは言葉少なに頷いた。


夕刻、ルカが薪を火に焼べ、浴室の用意をしていると、シャラシャラ…と軽やかに金属が擦れる音がした。シャハルの身につけた装身具の音だと、ルカは顔を上げる。

「アイオスから、話を聞いた」

形のいい脚に浅沓を履いたシャハルはずいぶん機嫌がよさそうな態度で、ルカのかたわらに膝をつく。

アイオスはディークと違って口は固いが、シャハルとの間に基本的には隠しごとはしないらしい。

ルカは知らず溜息をつきながら、植木の鉢の横に置かれた象嵌《ぞうがん》の椅子を引き寄せ、シャハルが座れるように勧めた。

「同郷の少年を助けたいとか…」

「正確にいうと同郷ではないのですが、私と同じ金髪の奴隷運搬用の馬車でこの街へ連れてこられました。私とは別の人間に売られたのだと思いますが、街に着いたときに引き離されて、それきりになっていました。私よりももっと北方の地域から連れてこられた少年です」

ルカは昼間、エリアスを見かけた経緯を説明する。

「お前には、もっと気軽に私を頼って欲しい」

シャハルは魅惑的な声でささやき、そっとルカの頬に口づけてきた。

「でも、かなり警備の厳しそうな屋敷に捕らわれていました。アイオスさんの言うには、それなりの警備につく人間がいて、簡単には助け出すことはできないと。エリアスという名前の少年なのですが、とても着飾らされていたので、今、一番のお気に入りの寵童《ちょうどう》となれば、買い受けることもできないでしょう」

むろん、そんな資金もないと、ルカは目を伏せる。

「確かに、白昼堂々と助け出すことはできないだろうが、夜ともなればそれなりに打つ手もあろう」

「忍び込むのですか？」

はたして自分にそんな真似ができるだろうかと迷うルカに、シャハルは首を横に振る。

「お前ではなく…、アイオスはああ見えて、かなり機敏に動く。その程度の屋敷なら、わけなく入り込むことができる。その少年もお前と一緒にいたところを見たなら、アイオスの顔も見ていることだろう」

しかし…、と考え込むルカに、シャハルは重ねて言った。

「それぐらい、私には負担でも何でもない。アイオスも喜んで手を貸してくれることだろう。自ら進んで囚われているならともかく、囚われの少年を助け出すのに、何を迷うことがある？」

シャハルにそっと手を重ねられ、ルカは頷く。

「お願いしても、かまいませんか？」

「容易いことだ。まずは屋敷の出入りから調べさせよう。できることなら、屋敷の主人が不在にしている夜がいい」

シャハルは艶やかな笑みを浮かべた。

V

裕福な商人ならば、つきあいで夜に家を空けることも多いだろうと言ったシャハルの言葉どおり、それから十日も経たないうちに、屋敷の主人は招かれて家を空けた。

屋敷内の様子も他家からの招きも、自由に空を飛べるディークが家の庭へと下りて、探ってきてくれたものだ。詳しい間取りや家人のやりとりまで、ディークは伝えてくれた。空を飛べる相手と意思を通じることができると、ここまで詳しく他家の様子もわかるのかと驚いたほどだった。

半月の夜、用事があるというシャハルを家に残し、ルカはディークとアイオスと共にエリアスのいる屋敷へと向かった。

「ここでしばらくお待ちいただければ、すぐに少年をお連れしましょう」

月がかなり西へと傾いた頃、人けのない通りで、見張りを兼ねて屋敷の表側で待っていてくれと言ったアイオスは、ディークと共に壁を越えやすいという裏手へとまわってゆく。

そこまで完全に任せきっていて大丈夫なのだろうかと思っていると、さほど待つこともなく、正面の門から夜着のエリアスを背負ったアイオスとディークとが、そっと出てきた。

「エリアス！」

あまりに呆気《あっけ》なく二人と一羽が出てきて、ルカは驚く。この屋敷の警護は、見かけほどにはたいしたことが無かったのだろうかと、高い塀をあおいだ。

「ルカ！　ルカ！」

アイオスが少年を下ろすと、エリアスは薄い夜着のまま、ルカに飛びついてくる。

「よかった！　エリアス、会えてよかった。アイオスさんとディークも、本当にありがとうございます」

アイオスは何でもないと首を振る。

「使用人らが半分以上、寝入っていたので助かりました」

「まさか、表から堂々と出てくるとは…」

入った箇所から出てくるのだとばかり思っていたとルカが言うと、アイオスの肩に乗ったディークが応えた。

「アイオスがよじ登った壁は、この少年にはとても越えられまい。ずいぶん手ひどく傷つけられていて、歩くのがやっとだ」

ディークの言葉に、ルカは買われた性奴がどういう扱いを受けるかに思いあたる。

欲望のままに一方的に蹂躙《じゅうりん》されるばかりで、それによって性奴がどれだけ手ひどい怪我を負おうが、命に危険が及ぼうが、かまわれることがない。ルカを買ったあの中年男など、むしろ、傷つけることが趣味のようにも見えた。

「見張りには多少、アイオスが当て身はしたが、どうということはないだろう」

死んではいない、と鸚哥が言うのに頷き、ルカは自分の肩ほどの背丈しかない華奢な少年の肩に自分のまとっていた上着を掛けてやる。そして、アイオスに変わってエリアスを背負ってやった。

手燭を覆っていた覆いを取り去り、暗い通りを足早にシャハルの店へと向かう。

「今、お世話になっているところがある。いったん、そこへ匿ってもらえる。そこから、家へ帰る手だてを考えよう」

ルカは背負った少年に、言葉は通じないことは承知で説明した。

驚いたことに、それをディークが少年に訳して伝えてくれる。どうやら、連れ出すときにもディークがエリアスの国の言葉で、ルカが外で待っているから一緒に行こうと促してくれたらしい。

エリアスは安堵したように頷く。ルカもそうだったが、やはり、言葉が通じるというのは心強いのだろう。

「ありがとう、と言っている。『あなたに会えたのは、神のお導きだ』と。信心深いらしいな」

手燭の明かりを頼りに、三人と一羽は足を急がせた。

VI

ランプの炎が細く揺れるのを見ながら、シャハルは街の様子へと意識を凝らし、ルカからの戻りをジリジリと待つ。

アイオスとディークを、一緒に外へ出すのは初めてだった。ディークを見張りにして、黒豹の姿へと転じたアイオスなら、高い壁も難なく越えることができる。壁を越えて人の姿となっても、アイオスの身体能力なら警護の人間など敵ではない。

ルカの望みを叶えるにはその方が作業が早く安全かと思ったが、同時にあれに気づかれる確率も高まるのではないかという危惧《きぐ》もある。そのため、これまではアイオスとディークを同時に外には出さなかった。あまりに勘ぐりすぎだろうか。

どちらにせよ、シャハルが力を取り戻し、ここから出られるようになればあちらもそれを悟る。千年以上も地中に閉じこめていれば、もう興味を失って忘れているかもしれないが…、むしろ、失ってくれればいいが…、とシャハルはすんなりとした形のいい指を唇にあてがった。

こんな過剰なまでの警戒は、自分にはふさわしくはない。だが、かつての油断が今の状況を招いたことを考えると、過信は禁物だとも思う。

シャハルが足を運べる店先ギリギリのところに立っていると、やがて手燭を頼りにルカらが姿を現した。

シャハルはわずかばかりに安堵の息を洩らし、そんな自分に苦笑する。そして、ルカに背負われた金髪の少年に目を留めた。

なるほど、金持ちに買われるだけあって、それなりに整った目鼻立ちを持った少年だった。

「この少年が？」

尋ねると、ルカがほっとしたように笑って頷いた。

「ええ、二人が…、ディークとアイオスがあっという間に助け出してくれました」

確かに目鼻立ちは整っているが、そこまで必死になって助けてくれと頼むほどの相手だろうかという思いを、シャハルは笑みの裏に隠す。

これが三つ目の願い事だというのなら、たかが、同じ馬車で運ばれてきただけの子供の奴隷だ。ルカの話を聞く分には、それ以上でもそれ以下でもない。この身の自由と引き替えに叶えてやるが、そんなルカの無欲さには自分でもよくわからない微妙な引っかかりを感じた。

「なるほど、ずいぶん綺麗な顔立ちの子だ。気の毒に」

身体を冷やさないようにと、温かな毛織物をエリアスに差し出してやりながら、シャハルは心にもない言葉を言ってのけた。同時に息を呑んでシャハルの美貌に見入っている少年に、胸中に覚えた忌々しさとは裏腹の魅惑的な笑みをくれてやる。

「首尾よく抜け出せたようで、何よりだ。ディーク、アイオス、よくやってくれた」

温かな果実茶を手ずから振る舞いながら、シャハルは二人を労《ねぎら》う。

歩くことも座ることも辛いらしき少年は、寝椅子に身を横たえさせてやった。ルカが痛み止めを混ぜた蜂蜜を用意して与える。

「ゆっくりして、しばらくは身体を休めるといい。お前を故郷まで送る手はずを考えよう」

シャハルの言葉を、ディークが少年の祖国の言葉に直して伝える。それを聞いて、少年はおずおずと頷いた。

シャハルにとってはどこの国の言葉だろうが理解には困らないが、一応、今はディークのみがこの少年の国の言葉を話せるように装えと命じてあった。アイオスにも同じように言い置いてある。

しかし、まだ、ほんの子供だ。妙にやつれて表情は固く、色香らしい色香もまだない。だからこそ、この心やさしい男が気にかけるのだろうか…、という冷めた思いが、また湧いてくる。

これでルカがエリアスを送り届けるために、自分が同道したいと言い出すとまずいなと、シャハルはエリアスに面倒見《めんどうみ》のよい、おだやかな笑みを向けている青年を眺めた。

この人のよい男なら、いとも簡単にそう言いかねない。むしろ、この少年の帰路を探るうち、ルカ自身も里心がつくかもしれない。すでに故郷には待つ者はいないと言っていたが、この市場で先のおぼつかない辻商いをするよりは、言葉の壁もない故郷に戻って薬師としての腕を知る人間相手に商売する方が楽だとは考えないだろうか。

シャハルはそこまで考え、自分がここから自由になれば、もうルカをここにとどめておく必要はないのかと思い直す。

契約さえ終われば、シャハルは自由だ。これ以上、この男をここに引き留めなければならない理由もない。長く閉じこめられているうちに、いつのまにか考え方が守りに入っている。

おかしなものだ、とシャハルは唇の両端を吊り上げた。

「さぁ、もう、夜も更ける。皆、休め」

エリアスには寝所を用意した、とシャハルは安堵と不安とが入り混じった顔で自分を見上げる少年に微笑みかけた。

「おいで、案内しよう」

シャハルは立ち上がりかけたルカを遮り、長椅子を用意しておいた小部屋へとエリアスの手を引いてやる。

「明日、起きたら風呂に入って身体を清めよう。それまでは、ゆっくり休むといい」

やさしげな声で横たえた少年の上に上掛けを掛けながら、シャハルは少年の髪を撫でて痛みを取り、傷を癒す。

これ以上、ルカがエリアスを気にかけ、あれこれと世話を焼くのは面白くない。

手っ取り早く傷を治してしまえば、ルカが必要以上にエリアスに肩入れすることもないだろうという消極的な理由によるものだったが、シャハルは長椅子の横の手燭を取り上げると、ひとつの企《たくら》みを胸に小部屋を出た。


シャハルが手燭を手にそっとルカの部屋の帳を上げると、夜着に袖を通しかけていた男は振り返り、シャハルだと知って微笑んだ。

「今日は本当に助かりました。ありがとうございます」

「それぐらい、どうということはない」

エリアスは助け出した。後は、北方へ向かう信用ある商人らに頼めば、故郷に送り届けることもできない話ではない。エリアスを救いだしたことにより、契約がすべて完了したと考えることも可能だ。

これが最後になるのだろうか…、とシャハルは少し名残惜しいような思いで、この真面目で朴訥な男の顔を眺める。

もう少しぐらい、一緒にいてもよかったが…と、シャハルはルカの寝台に腰を下ろし、かたわらに手燭を置く。ルカはシャハルが部屋を訪れた意図を察したらしく、静かにその隣へと腰を下ろした。

真面目でおとなしいだけの男かと思っていたが、それなりに色恋沙汰《ざた》の機微は理解しているらしい。それとも、それだけの場数は踏んでいるのか、とシャハルは銀の瞳をわずかに細める。

だが、おだやかな表情だ。北方の民は、あまり感情を表に出さない。今、この男は何を考えているのだろうかとシャハルはその灰色がかったブルーの瞳を覗き込む。

契約相手の胸の内は読めない。それは昔からだ。だが、その表情や態度から、ある程度自分に対する想いは読める。瞳を覗けば、相手の過去、あるいは過去に見たものが映ることもある。

「思っていたより、幼い相手だった。最初の話を聞く分には、十五、六歳ぐらいなのかと思っていた」

「エリアスですか？　十三、四歳といったところでしょうか。この街へ連れてこられるときから、ひどい目にあわされていました」

ルカの目の奥に、奴隷商人らに藪《やぶ》の裏側へと連れ込まれるエリアスの姿、そして、かつて鹿の肉と引き替えに、村の男に肩を抱かれてその家の中へと入った幼いルカ自身の姿がちらりと見えた。歳はエリアスよりももう少し上、父親が病みついてからだろうか。

かつての自分とエリアスを重ね合わせてのことなのか、それとも…。

シャハルはルカの手に自分の指を絡め、わずかに目を細めた。

「慈悲や慈愛も、ほどほどにしておいたほうがいい」

ルカはシャハルを少し意外そうな顔で眺め、また、もとのようにおだやかな笑みを浮かべる。その表情が意味するものが、シャハルには理解できなかった。

理解できなければ、できないでいい。これまでも、契約相手の思いを理解しようと思ったことなどなかったのだから…、とシャハルは自分の胸の内に湧いた表現しようのない濁ったざらつきを、意図的に無視する。

だが、この男は時々、わけもなくシャハルを苛立たせる。けして、ルカがそうしようと意図するわけでもないのに、そして、それすらわかっているのに、意味もなく苛立つ自分がいる。

かつて、契約相手が何を考えようが、どんな想いや下心を自分に対して抱こうが、それはシャハルにとっては何の意味もなさなかった。第一、そんなものに囚われる理由がない。囚われなければならない理由もない。

光であり、風の具現でもあるシャハルが、何かひとつのことに囚われること自体がおかしい。ここへシャハルを閉じこめたあれはともかくとして、ただの人間ごときに煩わされること自体がおかしい。

「手を貸してくださって、ありがとうございます。私ひとりでは、正直、どうしようもなかったので」

「望みは何でも言って欲しいと言った。お前の望むものは、すべて与えたい」

シャハルはいつもの妖艶な笑みと共に、ルカに唇を寄せる。

これはあくまでも契約で、この男はシャハルがここから解放されれば、特に必要も無い。

「シャハル…」

普段の真面目さからは考えられないほどにやさしい声で、ルカはシャハルの名を呼ぶ。

丁寧に口づけられ、その瞳に自分しか映らないことにシャハルは満足する。

「私はお前が気に入っているよ」

千年以上もここに閉じこめられていた自分を解放する存在としては、申し分のない男だった。自分勝手を言うわけでもなく、顔形も、身体の相性も悪くなかった。欲もなく働き者で、おだかやで察しのいい性格も、ひとつ屋根の下にいるにはちょうどよかった。

シャハルのささやきに、ルカは唇の両端を上げて笑顔を作ってみせた。その笑顔に、シャハルは次にどう言えばいいのかわからなくなった。

「奴隷商人らに拉致され、馬車に押し込まれてここへ運ばれてくるまで、この世には何の救いもないのだと思っていました。でも、今、私がこの街に連れてこられたことを、最悪だったと思えないのは、あなたに会えたからだと思います。あなたに会えてなかったら、私はこの世の様々なものを恨み、憎んでいたかもしれません」

幼くして母を亡くし、父のために食料と引き替えに身体を差し出したこともある青年に、シャハルは口をつぐむ。

似たような境遇、あるいはもっと悲惨な境遇の人間は何度も見てきた。必要以上の同情も共感も思い入れもする必要はないのに、自分はルカと共にいた時間が長すぎたのだろうか。

ルカがシャハルの前に姿を現さず、自分達が出会うこともなく、ルカがこの街の片隅でひとり、世界を憎み、恨んだところで、何かが変わることもない。おそらく、あっという間にこの世から消えただろう異邦人を、誰かが気を留めることもない。まともに言葉も話せない、遠い国から連れてこられた性奴など、ただただ無力な存在で、瞬く間に忘れられる。

だから、この男の言葉が自分の中で特別に響くことはない。シャハルに愛を乞《こ》う愚かな人間は、これまでにいくらでもいた。それこそ、星の数ほどに。

「あなたに会えてよかった」

宝物でも抱くようにシャハルを抱き寄せたルカは、そっと頬に口づけてくる。この男は、欲望のままに一方的にシャハルを蹂躙することもない。

「そうだな、あのとき、お前がここに来て…」

言いかけたシャハルは、自分の無益な言葉を自ら遮るようにルカと唇をあわせる。

自分からシャツの合わせをはだけ、続いてルカのシャツの前を開いた。

すぐ側でルカの瞳を覗きこみ、その欲望を確認する。見た目や口調のおとなしさ以上の情熱と、シャハルに対する深い愛情、若者らしい猛々《たけだけ》しい欲望と、それを抑え込んでいる理性。灰色がかった青い瞳の中にそれらを見て、シャハルは目眩《めまい》にも似た後悔を覚えた。

思わず視線を逸らしたシャハルの首筋に、熱っぽい唇が触れる。湿り気を帯びた唇が首筋を這うのに、背筋が勝手に震えた。

敷き布の上に横たえられ、首筋から肩口へと唇を這わされる。

「…っ」

鎖骨に口づけられただけで声が漏れ、いつもとは勝手が違うとシャハルは戸惑った。

丁寧な手つきで肩から腕、胸許へと愛しむように撫でられる。

乳暈のあたりをくすぐるように愛撫されるもどかしさにルカを見上げると、自分を見下ろす深みのある青灰色《せいかいしょく》の瞳と目が合い、唇をさらわれた。

瞳の中に覗いたやさしさと愛おしみ、口づけに溺れそうになる。

口づけの合間に大きく喘ぐ胸を、大きな手が撫でる。長い指がすでに赤く色づいた乳頭に触れると、それだけで甘い電流のような快感が全身に走る。

「ん…ぅ…」

精一杯伸び上がった乳頭をやわらかくくすぐる男の指の動きがもどかしく、その手に手を添え、絡み合った舌先をねだるように吸った。

「ルカ…、ルカ…」

もっと激しい愛撫をねだって、自ら腰紐を解き、すでに形を変えたものを男の逞しさのある太腿に布越しにこすりつける。

「…シャハル」

なだめるような声でシャハルの名を呼ぶ男の下衣の腰紐も、もどかしく解いた。

すでにルカ自身も形を変えつつあるのに重ね合わせ、シャハルは煽るように腰を蠢かせる。

「シャハル…」

その動きに喉奥で低く喘ぎながら、ルカは硬起した乳頭を熱い口腔《こうこう》に含んでくれた。

「ぁ…、もっと…」

強く吸って欲しいというシャハルの呻きに、ルカは軽く焦《じ》らすように歯を立て、もう一方の乳首も指先でつまみ、こねる。

どこでこんな手管を覚えたのだと忌々しく思いながら、シャハルは枕許にある香油の壺を探った。

「私が…」

ルカの手が小さな香油の壺を奪い、手に取った練り香油をそっと脚の間に忍ばせてくる。

「ん…っ」

双丘の間《あわい》を割って秘部にやさしく塗り込められただけで、息が弾んだ。

「は…ぁ…っ」

もどかしさに自ら脚を開き、淫らな仕種でヒクつく箇所を開いて見せる。

「シャハル…」

淫らなあなたが愛しいと、ルカはさらに指をシャハルの中へと沈めた。

「あっ…あぁ」

そろえられた二本の指が沈むだけで、喉が鳴る。

内部の熱で、香油がトロリと蕩けるのがわかる。

「熱い…」

そして、すごい締め付けだと、ルカが嬉しそうに小さく笑った。

「私の指が呑み込まれていきます」

「んっ…、そうだ、もっと奥を…」

二本の指では足りないと、シャハルは唇を舐める。

「こう…ですか？」

シャハルの要求を呑んで、ルカはさらに指を内部によじり入れて来た。

「あぁ…っ、いいっ」

より深くまで三本の指がシャハルの中を蹂躙してゆく。香油を内側に塗り込めるように動く指の動きに、爪先まで痺れた。

「あっ…、もっと深く…、えぐって…」

両脚を大きく開き、腰をゆらめかしてねだるシャハルに、ルカはあなたのそんな淫らさが好きだと、より深くシャハルの中をそろえた指でえぐる。

「あっ、あっ…」

しっかりしたルカの肩に縋り、その逞しい肩に爪を立てながら、シャハルは自分の快楽を追う。

「ああっ、もっと…」

逞しいものが欲しいとシャハルは手を伸ばし、すでに熱《いき》り立った男のものを握った。

ルカはシャハルのこめかみに口づけ、荒い息の間から尋ねる。

「後ろからしても？」

シャハルは小さいが、魅力的な笑い声を上げた。

「おとなしげな顔をして、獣のように交わるのが好きか？」

甘くなじりながらも、シャハルは敷き布の上に四つん這いになってみせる。

そして、煽るように掲げた腰を揺らしてみせた。

いつにない荒々しさで腰を取られ、強い力で引き寄せられる。

香油を塗り込められた箇所に、膨れ上がった先端を押しあてられた。

「あっ！」

そのあまりの熱量に、思わず声が出る。

だが、荒い動きをされたのはそのときだけだった。

「あまり煽らないでください」

ひどい真似はしたくないのだと苦しげな声でささやかれ、シャハルは優越感とときめきとを感じた。

「だが、欲しいのだ…」

お前が…、と言いかけると、押しあてられたものがヌル…、と沈み込んでくる。

「ぁ…、大きい…」

その熱い質量に、シャハルはうっとりと目を伏せる。

あまり後ろから抱かれるのは好きではないが、背後からゆっくりと貫かれると、自分でも信じられないような濡れた声が洩れた。

「あぁっ！　すごい…」

腰の奥がズルリと震え蕩けたようにも思えた。

「あなたの中も…」

まるでうねるようだと、背後からシャハルを貫く男が呻き混じりに洩らす。

「…当たり前だ」

憎まれ口にも近い答えを返しながらも、なおもシャハルは腰をうねらせる。

「あっ…、あっ…」

深く沈み込んで来るものを、自分から迎え入れるように高く腰を掲げた。

「んぅ…っ」

最奥部までルカの質量のある長大なものがすっかり沈み込むと、背筋と内腿がブルブルと震える。

シャハルの背中に覆いかぶさるように重なったルカは、シャハルの腰を捉《とら》えながらも、はっ…、と荒く苦しげな声を洩らす。

「…シャハル」

その声に、また背筋が勝手に震えた。

「…あぁ」

快楽に、腰の奥が濡れて蠢くようにも感じられる。

「あ…、すごい…、中まで…」

シャハルは呻きながら、小さく腰を揺らす。それにあわせ、ルカもゆっくりと腰を使い始めた。

「んぅっ…、大きすぎて…、あっ…、あっ…」

背筋が震え、濡れ溶けた香油が太腿を淫らに伝ってゆく。敷き布をつかんだシャハルは乾いた唇を舐めた。

快感のあまり、前に崩れ落ちそうになる身体を、ルカの長い腕が抱きとどめる。

「あっ…、どこまで…」

入ってくるのだと、涙にかすんだ目でシャハルはルカを責めた。

「あっ…、あっ…」

太腿の間で反り返り、先走りに濡れて揺れるものを大きな男の手が握る。

「あうっ…、あっ、いいっ」

握りしめられ、シャハルは喘いだ。

「シャハル…」

自分の名前を呼ぶ声が好ましいと、上体を支えきれなくなったシャハルは敷き布の上に突っ伏しながら喘ぐ。

「あっ…、あっ…、ダメだ…、もう…」

その巨大な充溢《じゅういつ》に内側をこすり上げながら引かれる感触も堪らないと、シャハルは奥歯を嚙みしめた。

尖った乳頭が敷き布に擦れる感触にも声が出る。

「あっ…、イッてくれ…、イッて…」

せわしない喘ぎの合間に、一度解放してくれと啜《すす》り泣きながら、シャハルは腰をゆらめかせた。

「シャハル…、中に出しても…?」

懇願するようなルカの喘ぎに、喜びと優越感を覚えながらシャハルは夢中で頷く。

「ああっ、いいからっ…、そのまま…っ」

内側を熱いもので満たされる感覚にゾクゾクと背筋が震え、シャハルは夢中で腰を揺らす。

打ちつける男の動きにただ揺さぶられ、頭の中が快感の余り白く濁ってくる。

「あっ、あっ…、ああっ…」

体奥に熱い迸りを感じると共に、シャハルは男の手の中に自らも白濁を迸らせた。

Ⅶ

翌朝、シャハルは市場に出かけるルカを見送る振りをして、何食わぬ顔で店の端まで行った。

ルカの肩に手をかけ、そのまま店から路地へと足を踏み出そうとする。

だが、足を踏み出そうとしても、そこから先はいつものように壁に阻まれたように進めない。眉を強く寄せ、小さく舌打ちしたシャハルを、ルカは不思議そうに振り返る。

「どうかしましたか？」

「いや、しくじりをひとつ思い出したんだ。私としたことが…」

シャハルは首を横に振り、見えない壁に向かって手を伸ばす。

これまでに何度となくシャハルの行く手を阻んだ、忌々しい壁がそこにある。走ろうが飛ぼうが、体当たりしようが、火も水も何も通じない見えない壁には、笑いを取り繕っても唇の端が引き攣《つ》る。

まだか…、とシャハルは身体を引いた。

エリアスを助け出したいというルカの望みは、屋敷から救いだしただけでは不完全だということなのだろう。ならば、完全にエリアスは救われたという状況に持っていけばいいだけだ。

「エリアスをお願いします」

そんなシャハルの胸の内を知らないルカは、申し訳なさそうに頼んだ。

「ああ、もちろん」

胸の内に再度湧いた不快さを押し殺し、シャハルは頷く。

「今日は朝食の買い物だけすませれば、すぐに戻るつもりですので」

「大丈夫だ。ちゃんと面倒は見る」

昨日の晩、あの子供にも、自分とルカが交わる声は聞こえたはずだと、シャハルはまだ寝台にいるはずのエリアスの部屋の前に下がった帳を振り返る。性奴にされていたなら、何が行われていたかは十分にわかるだろう。

シャハルのもとで暮らすルカが、情人であることぐらいは理解できたはずだ。

「じゃあ、すぐに戻ります」

シャハルはルカを見送ると、部屋の中に取って返す。

「アイオス！　ディーク！」

アイオスは黒豹姿で、鸚哥のディークもたちまちシャハルのもとへとやってきた。

「エリアスを屋敷から救い出すだけでは、どうやらルカの望みは成立しないようだ。面倒だが、あの子供を故郷へ帰す。北へ送り届けるための、なにがしかの手だてを考えないと」

「北へ向かう商人らに託しますか？」

アイオスの言葉に、シャハルは細い眉を寄せる。

「邪心のない者を見極めないとな。あの容姿だ。下手をすれば、また、別の街で売り飛ばされる」

「ハルバスの武装僧侶《そうりょ》らはどうだ？」

口を開いたのはディークだった。

「近く、大教導師の命を受けて北の地に赴く一団がいる。今、市場でそのための荷や食料を買い付けている」

ディークの情報に、ああ…、とシャハルは覗き鏡に映し見た教会と、そこに使える僧侶らに思いあたる。

「ここ数百年ほどで力を持った教団だな？」

アイオスの背中に乗ったディークは頷く。

「戒律に厳しく、禁欲的で契約を遵守することに誇りを持っている上に、兵力が高い。どこの地域でもハルバスの武装僧侶を敵にまわす人間はいないから、隊商や旅行者らにも同行を願い出るものが多い。途中までは、難なく行くことができるだろう。あとはやはり、それに同行する信用のある隊商を選んで、そこから先へ送り届けさせるかになるが…」

自分がここから出られれば、あるいは以前ほどの魔力を一気に取り戻せれば、子供を故郷に送り届けることぐらい、どうということはないのに…、とシャハルは唇に指を押しあて、しばし考える。

「ならば、ハルバスの大教導師の口添えがあれば確実だろう。ハルバスの教団の者は、契約を破る者を許さない。口添え書きを用意しよう」

シャハルは宙に手をかざすと、あっという間に一通の仰々《ぎょうぎょう》しい封書をそのかざした手につかんだ。

「アイオス、あの子供が歩けるようになったら、この添え書きを持って商人と話をつけにいけ」

人の姿へと身を変え、封書を受け取るアイオスに、ディークがその肩の上で言葉を続ける。

「ハルバスに同行する隊商の中では、ナフターリとその息子のところがいい。北方への旅は回数をこなしている上に、隊商そのものも大きく、信用がある。堅実だから、届け物や預かり物の引き合いもよくある。大教導師の添え書きがあるなら、なおのこと、ハルバスへの信用問題があるから確実に届けるだろう」

承知しました、と忠実なしもべは頭を下げる。

「途中の食事の費用なども込みで、金貨十五枚ほど渡せば十分だろう。これは、明日、市場で換金してきてくれ」

シャハルは金箔と白金、金属、ルビー、真珠を用いて作り出した見事なからくり細工を宙から取り出し、アイオスに渡す。

小箱を開けると、軽やかな音楽が流れ、美しい白亜の城が姿を現す。城の周囲には青と緑に白い波頭を持つエナメルの川が流れている。最後にその城の中央の塔が左右に開き、深紅の見事なルビーが姿を見せるものだ。

大きさといい、赤の深みといい、申し分のないそのルビーは、過去にシャハルが契約と引き替えに時の有力者から手に入れたものだった。

「金貨で百枚程度が相場だ。うまくいけば、百五十枚」

ディークの言葉にアイオスは黙って頷く。

「高くつくな。高度な細工はもちろんだが…、このルビー、これだけ上質の深い赤味、これだけの大きさのものはそうそう手に入らないというのに…」

ディークは惜しそうにぼやく。

「仕方あるまい。ここから出られるのなら、何でもない対価だ。宝石や宝飾品の類など、ここから出られれば、いくらでも手に入る。細工も私の頭の中にすっかり入っている。また、作ればいい」

シャハルは乾いた声を出す。

「ルカは義理堅い。エリアスを送り届けるのに金貨二十枚ほど、私が用立てたと言えば、おそらくその分を返すためにもこの街で働き続けなければと考えるだろうな」

「一生働いても、薬師では金貨二十枚も稼げるかどうか」

ディークが溜息をつくのに、シャハルは表情の薄いままに肩から鸚哥を止まり木へと移す。

「どこまで届けさせればよろしいですか？」

「クロスノの南部にあるリトロという村だ。おそらく、近くまで行けば本人にも自分の家はわかる」

シャハルは壁に立てかけられた金属製の鏡の前まで行くと、ゆっくりと表面を撫でてみた。

かつて、シャハルが遠方の物見に使っていた鏡だが、ここに閉じこめられて以降、シャハルの望むようには物事を映さなくなっていた。

その代わりに、ディークが遠方で起きたことを見て色々と話したことが、かろうじて鏡にぼんやりと像となって映ったが、実際に思いのままに鏡で映して見るのとはやはり違う。

ルカの望みを半ばまで叶えたせいか、鏡はあっという間に臙脂《えんじ》色の独特な形の屋根を持つ建物を映し出した。

「この目立つ赤い屋根の教会が目印だ。そこまで連れて行ってやれば、十分だろう」

「非常に長い旅に子供をひとりで託す理由は、ナフターリには何と話しておきましょう？」

アイオスが尋ねるのに、そうだな、とシャハルは呟く。

「『さる高貴な筋の御落胤《らくいん》だが、母親も亡くなってしまったので、その郷《さと》に返してやりたい。表立っては取りざたできぬ筋の話なので、まわりの人間はもちろん、武装兵らにも内密に頼む』と言え。信用ある隊商なら、口も固いだろう。教導師の添え書きのついた子供相手に、必要以上の詮索《せんさく》はするまい」

「そんなことをすれば、自分達の首を絞めることになる」

早口で口をはさんだディークが、喉の奥でグッグッと音を立てる。愛敬のある顔をしてるが、時折、言うことは辛辣《しんらつ》だ。

「エリアスの郷がわかるということは…、ルカの故郷もそこに近いのですか？」

控えめなアイオスの問いに、シャハルは熱のこもらぬ声で応えた。

「マケダスのボガだろう？」

察しのいいしもべはそれ以上よけいなことを尋ねるまいとしてか、胸許に手をあてがい、承諾の証とした。

そこまでわかっているのなら、ルカは故郷に帰さなくてもいいのか、あるいは本人も帰りたいのではないだろうかと口にすることが、微妙に主人の不興を買うと思っているらしい。

シャハルはあえて、そんなしもべの気遣いを無視した。

「では、今のうちにこの箱を換金して、手はずを整えてまいりましょう」

アイオスが出てゆくと、大人達のやりとりを陰で窺っていたのだろう。少年が帳の陰から、そっと顔を覗かせた。

シャハルは少年を振り返り、艶やかな笑みと共に手を差し伸べた。

華やかな美貌の男に、エリアスが微妙に気後れしているのがわかる。

だが、脅すような真似はしない。そんな真似はせずとも、昨晩、あれだけ派手に睦み合ったことを知っていれば、少年がルカによけいな想いを抱くこともないだろう。

「おいで、痛みはどうだ？　よければ手当てをしよう」

必要以上に親切にふるまうシャハルの言葉を、ディークは律儀に訳して伝える。

「お前に見合う、上質な服を何着か用意しよう。やんごとない身分の子供だと、誰にでも思われるようにな」

伝える必要が無いと判断してか、ディークは今度はにこやかなシャハルの言葉を訳さなかった。

少しためらうエリアスを、シャハルは一歩足を踏み出し、笑顔で手招く。

誰にでもおだやかに接する、細やかな愛情を持った男がこれ以上哀れな少年に肩入れしないうちに、少年をさっさと国へ送り届けてしまいたい理由を、シャハルは深く考えないようにしていた。

五章

I

仕立てのいいシャツと、裾の長い織りの上着に身を包んだエリアスは、いっぱしの小公子に見えた。その他にも外套《コート》や着替えなど荷物一式を、先にアイオスによってナフターリの隊商に届けさせてある。

「気をつけて帰るといい」

店先まで少年を送り出し、シャハルは声をかけた。

「アリガトウ」

ここにいる十日程の間に覚えた片言の言葉で、少年はシャハルに礼を言う。

「父上、母上に無事に会えるといい」

シャハルはエリアスの頭を撫で、この街を出ると忌まわしい記憶が消えるようにと呪文をかけておく。力が完全に戻りきらないため、はたしてどれほどの効果があるかはわからないが、エリアスを隊商に託す以上、性奴にされていたような生々しい記憶はない方がいい。

「では、送ってきます」

アイオスと共に隊商のもとまで送ってゆくと、髪をいつものように布で巻き上げたルカはシャハルに挨拶する。

薬を辻商いしているうちに、ルカの顔や手足は少し日にも灼《や》けた。今は金髪さえ布で隠していれば、さほど人目にもつかない。

ディークを肩に、シャハルは三人を送り出した。

「行きましたね」

三人の姿を見送ってからボソリと呟くディークに、シャハルも低く応じる。

「ああ」

とうとう最後まで、ルカはエリアスが心配なので共に行くとは言い出さなかった。この地に愛着が湧いたのか、里心がつかなかったのか、この男まで共に出ていくのではと焦った気持ちは、杞憂《きゆう》に過ぎなかったのかもしれない。

シャハルは自分の作業部屋に戻ると、歯車を削り出す地味な作業をはじめる。

これまで長い時間、ひたすら時間潰《つぶ》しのために行う単調な作業だったが、いつのまにか、知らず鼻歌を歌っていたらしい。

「ご機嫌ですね」

かたわらの机に乗ったディークに声をかけられ、シャハルは苦笑と共に手を止める。

「とうとうこれで解放されるんだ、歌のひとつも歌いたくなるというものだ」

「それはそうでしょうが」

普段は笑った顔の鸚哥は、微妙な思いを表すときもどこか笑ったような顔をしている。

そして、少し遠いところを見るような表情を見せた。

「無事、隊商に引き渡せましたな。口の固い信用のある男なので、大丈夫でしょう。気のつく老人を、身のまわりの世話役としてつけてくれるようです」

「ならば、いい。道中を時折、報告してくれ」

「承知しました」

鸚哥が請け負ってしばらくした後、アイオスと共にルカが帰ってくる。

シャハルは手にしていた工具を投げ出すと、歓声と共に二人を迎えに出る。

「無事に引き渡せたのだろう？」

「ええ、おかげさまで。何から何まで手配していただいて、本当に何とお礼を言えばいいのか」

嬉しげなルカの横で、シャハルは何食わぬ顔で店の外へと腕を伸ばした。そして、腕が依然として、何かに遮られていることに気づく。

思わず眉をひそめたシャハルに、ルカは不思議そうな顔を見せた。

「…いや、少しでも力になれたならいい」

身を寄せてみても、やはりそこには見えない壁があり、そこから先に踏み出せない。

「お茶でも飲もう。手足を洗うといい」

二人を奥へと促したシャハルは、目の前を遮っている見えない壁に手をつき、深い溜息をつく。

いつだ、いつ、この呪いは解ける？　エリアスが街を出てからか、それとも、故郷に帰り着いてからか…、と目を眇めたシャハルは、ひとつの結論に思いあたった。

ルカの三つ目の願いとして引き受けた契約は、エリアスのための願いであって、ルカ自身の欲に端を発するものではない。

だからなのかと、シャハルは軽い虚脱感に囚われ、これまでに何度となく振り仰いだ天井をしばらく眺める。

あの無欲ともいえる男に何かを望ませること、今の自分にはそれすら難しいのかと…。

Ⅱ

夕刻、ルカはディークと共に夕飯用の食料を買い込み、シャハルの店へと戻ってきた。

中庭の方からシャハルの楽しげな笑い声が聞こえる。シャハルは見た目よりもかなり落ち着いた雰囲気があるので、こうまで楽しげな笑い声を上げるのは珍しい。

「ただいま、帰りました」

何かいいことでもあったのかと、ルカは中庭の方を覗き、声をかける。

竈の前にかがみ込み、風呂の用意をしているらしきアイオスの横に座ったシャハルが、何事かアイオスの耳許にささやき、そのこめかみあたりに口づけた。

なんとなくシャハルとアイオスとの親しげな関係に疑問を持ったことがあったものの、実際にキスを目の当たりにしたルカは、一瞬、どうしたものかと戸惑う。

そして、結局、二人にいつもどおりの顔を向けた。

「すぐに夕食を用意します」

アイオスが微妙な表情を見せたが、シャハルは普段と変わらぬ余裕のある表情だった。

ルカはいつものようにテーブルに買ってきたパンや焼き物を並べながら、はたして自分はシャハルとアイオスとの関係をどうこういう資格があるのかと自問する。

「今日は何だ？」

何食わぬ顔でルカの横にやってきて、肩に甘えるように頭を預けてきたシャハルに、ルカは微笑みを取り繕った。

「羊とタマネギ、野菜を炒めたものです。デザートには、胡桃のプティングがあります」

「美味そうだ」

シャハルは長い黒髪を無造作に後ろで束ね、テーブルに着く。

「煮込みもすぐに温めます」

テーブルを離れたルカは、まだ中庭で薪を割るアイオスに声をかけた。

「アイオスさんも、きりのいいところでこちらに来てください」

アイオスは振り返り、律儀に頭を下げてみせた。

数日後、ルカはディークと共にいつものように辻商いに立ちながら、客の途切れたときにふと鸚哥に尋ねてみた。

「この間、エリアスを送ってくれたナフターリの隊商のようなものは、どれぐらいで仕事を請け負ってくれるのでしょう？」

「ナフターリ？　あれはずいぶん、高くついている。金貨二十枚をシャハル様が用立てたからな」

「…そんなに？」

ルカは眉をひそめた。

シャハルが衣類一式をそろえさせ、アイオスを通じてナフターリの隊商に話をつけてくれたのは知っていたが、シャハルがはっきりとは言わないので、そこまで費用がかかっていたとは知らなかった。

「知らずにシャハルに甘えてしまってました。どうすれば、それだけの金額を返せるでしょう？」

「市場に店を構えたとしても、お前が老人になるまで働いて返せるかどうかという額だな」

歯に衣着せぬ鳥は、平然と言ってのける。

「…では、そろそろ私もあの家を出て、店を構えることを考えた方がいいのかもしれませんね」

「何も家まで出なくてもいいだろう？　お前はシャハル様のお気に入りだ」

ディークの言い分に、ルカは苦笑する。

「多分、それにいつまでも甘えていてはいけないのだと思います」

「なぜだ？　客をもてなすのはシャハル様の趣味だし、お前の吹くナイも楽しみにしていらっしゃる。別に金だって返す必要はないと思うが、返したいというのなら、あの家に住んで、働きながら返せばいいじゃないか」

鸚哥は、珍しく慌てたような言い方をした。

「いえ、シャハルの言葉に甘えて、少し図に乗っていたところがあったのだと思います」

「何かおかしいぞ、お前。どうして、今日に限ってそんな考え方をする？」

「今日だけでなく、もう少し前から考えていたことです」

菫色の鸚哥は、真っ黒な愛敬のある瞳をくるくる動かす。

「何か気に入らないことでもあったのか？」

いえ、とルカは首を横に振った。

「とても、よくしていただきました。ただ、シャハルの厚意に甘えていつまでもここにいるのはよくないと、そう思っただけです」

アイオスとシャハルの仲にしても、あとからあの家に入り込んでいついたのは自分だと、ルカは目を伏せた。

「お前が出ていけば、シャハル様は困るだろう」

困りはしないだろう、とルカは手の中でナイを弄ぶ。むしろ、いづらいのは性格的におだやかなアイオスの方ではないかと、ルカはいきなりやってきた自分にも色々親切な男の立場を思った。

Ⅲ

中庭や居間の掃除を始めたルカを、シャハルは作業部屋の扉を開け、その姿をぼんやりと見ていた。ルカから恋人にして欲しい、あるいは捨てないで欲しいという言葉を引き出せれば、それが一番手っ取り早く叶えられる望みとなるが、なかなかそれをこの慎み深い男に言わせることができなかった。

アイオスとシャハルの仲を邪推しているのではないかと、アイオスに意味ありげな愛撫や視線をわざと送ってみたが、逆にルカは身を引いて出ていこうとする始末だった。誤解を解き、単なるお前の勘違いなのだと、言い含めるのにかなり手こずった。

出ていかれると困ると思った自分の中の焦りが、ずいぶん不当なようにも不可解なようにも思え、この間からシャハルはそれについて深く考えることを怖れていた。

手に削り出した歯車と金属粉を払うブラシを持っていたせいだろうか、いつのまにか振り返っていたルカが声をかけてくる。

「あなたの手は、そんな削り出した歯車を持っていても、汚れないんですね」

指摘され、シャハルは自分のほっそりと白くしなやかな手に目を落とす。

「私の村の鍛冶屋は、本人も作業場も、煤《すす》と鉄の粉とで真っ黒でした。手だけでなく、顔から服、身体、靴まで。ひと目見るだけで、鍛冶屋だとわかったものですが」

おだやかに笑うルカに、シャハルは手にした歯車を見せてやる。

「汚れないわけではないが、派手に火を使う作業でもないしな。竈を使えば、私もそれなりに汚れる」

実のところ、たいして汚れるわけではないが、シャハルは曖昧に笑っておく。

「その歯車は、今、制作中のものですか？」

「ああ、見てみるか？」

シャハルは扉を開け、ずっと時間をかけて作っている、このサーミルの街の機械仕掛けの模型の前にルカを招いた。

部屋の半分以上を占める模型は、手許のハンドルを回してやると、街を守る石の外壁や門、そして中央の尖塔や礼拝所、律法所、裁定所、娯楽用の競技場、図書館、学校などが、ぜんまい仕掛けで順番に台座から立ち上がってくる大掛かりなものだ。

退屈にあかせて、少しずつ作っては壊し、作っては直しを繰り返している。まだ、競技場や図書館などはおおまかな配置場所しか用意していないし、海の波は細工が気に入らないのですべて剥《は》ぎ直したところだ。

ルカは驚いたように目を瞠った。

「こんなものが、この家にあったなんて少しも知りませんでした…」

他のものもすごいが、この街の模型は規模も技術もとんでもないではないかと、ルカはしばらくじっと街の動きに見入っている。

「まだ途中だ。嫌になって壊してみたり、動きが気に入らなかったりということもあるし。これは放っておいて、他のものを作っていることもある」

もとは小さな村の模型だった。小さな市場と井戸、荷を運ぶ駱駝《らくだ》の隊商を作っていた。村が大きくなり、街となるにつれ、その模型を作りかえ、規模を大きくしていった。

気が向いたときに手を加え、向かないときにはずっと放っておいた。退屈の余り、すべてに飽きて眠ったときは、百年近くを眠って過ごしたこともある。そんなときには、かなり厚い埃が積もっていた。

「動かしてみてもいい」

目を輝かせ、細かな細工に見入っているので、促してみるとルカは壊しては申し訳ないからと恐縮する。

いかにもルカらしい返事に、シャハルは苦笑した。

「お前に何か欲はないのだろうか？」

「欲ですか？」

ルカは少し首をひねる。そして、しばらく考えていたようだったが、薄く笑ってシャハルを見上げてきた。

「そうですね。たとえば、この見事な街のからくり細工が仕上がったものを見られるように、とかですか？」

「何をたわいもない…」

シャハルは思いもしない答えに拍子抜けして、一瞬、どんな表情を浮かべればいいのかわからなくなる。

「お前の幸せは望まぬのか？　金だとか、名誉だとか…」

「私の幸せですか？」

いったい、何が…、と呟きかけたルカは、シャハルへと目を戻す。

「あなたが幸せでいてくださること…でしょうか？」

ええ、とルカは頷く。

「ご存じのとおり、私はもう家族もいませんので…。本来は家族の幸せを願うのでしょうが、今は…、あなたやディークがここで幸せに過ごしていればそれでいいかなと」

普通ならそれを綺麗事だと笑い飛ばしてしまうところだが、どうやらこの男に限っては、それを本気で口にしているようだった。

この無欲な男から、私欲めいた願いを引き出すのは難しいとシャハルは手を握りしめる。

そういえば…、とルカは尋ねてきた。

「市場にはあまり出向かれないのですか？」

そういうわけではないが…、とシャハルは苦笑する。

「何か目新しいものでもあったか？」

「目新しいものというよりも、あなたと一緒に歩く市場も楽しいだろうなと思っただけです」

たとえば、とルカは考える。

「今日は孔雀《くじゃく》という貴重な鳥を見ましたよ。金属のような光沢のある青と、緑、それに金色のレースにも似たとても美しい羽を持つ鳥で…」

ルカは器用に炭の一片を取り、板の端にさらさらと孔雀の絵を描いてみせる。

「…これは、見事だな」

「ええ、素晴らしい色と形をしていました」

シャハルはルカの絵の技術と描写力を褒めたつもりだったが、ルカは孔雀の見事な形を褒めたのだと思ったらしい。

「一度、あなたにもお見せしたいと思いました。今度、一緒においでになりませんか？」

ルカは嬉しそうに孔雀の絵を指先でなぞる。

「孔雀は、はるか東方の湿度と気温の高い森林に住む鳥だ。昔から珍重されているし、その肉を食すと長寿になると信じて食べる者らもいた」

「そうなんですか？　あの大きな美しい鳥を？」

ルカは驚いたように目を丸くする。

「そうだな」

シャハルはルカの手に自らの手を重ねる。

「お前と一緒に、行ってみよう。まだ、孔雀はいるだろうか？」

「ええ、まだ、今ならいるかもしれません。買い手がついていなければ」

シャハルは頷き、店の入り口までルカの手を引いた。

「さぁ」

行こうか、と入り口で自分は一歩引いて先へと促すと、ルカはシャハルの意図に気がついた風もなく、頷いて先に店を出る。

願うような気持ちで、ルカはそのシャハルの手につかまり、足を踏み出した。

あれだけ長年、シャハルの行く手を阻んでいた見えない厚い壁が、一瞬、ふっと揺らいだように思えた。そして、その後は何もなかったかのように、最初から何もなかったかのように、その壁は何の気配もそこに残さず、消えていた。

シャハルはごく当たり前のように店の外の路地の上にある、浅沓を履いた自分の足先を見つめる。

ずっと長く焦がれ続けた店の外、ディークやアイオスを出してやっても、なお、自分は行く手を阻まれて一歩たりとも踏み出すことのできなかった店の外の路地が、当然のように足の下にある。

「どうかしましたか？」

不思議そうにルカが振り返る。

「…いや」

シャハルは口ごもりながら、ルカの腕につかまり直し、完全に店の外へと足を踏み出した。

何か起こるのではないかとしばらく周囲を窺ったが、路地が揺れるわけでも、大きく空間が揺れるわけでもなかった。

いつもどおり、ルカが上がってゆく路地のゆるい坂道が前にある。

シャハルは、小さく笑い声を上げた。

自分の方を振り返るルカに、ゆっくりと首を横に振り、大きく通路の空気を胸に吸い込みながら、歩き出す。

市場へと近づくにつれ、市場特有の喧噪、どこかで誰かが奏でる陽気な音楽、スパイスの香り、揚げ油の匂い、重めの香油の香りといったサーミルの街の豊かさを示す様々な香りや音が、シャハルを包む。

シャハルはゆっくりと路地を歩きながらその匂いを胸一杯に吸い込むと、やがて足を急がせ、広場への坂と階段を上がっていった。

足を速めたシャハルを咎《とが》めることもなく、ルカは一緒に足を急がせる。

市場へつながる角まで来ると、広場の隅で賑やかな異国風の音楽と共に露出度の高い服を身につけた肌の浅黒い女が長い蛇を身体に絡ませ、巧みに踊っているのが見えた。

手拍子でそれをはやし、リズムを取って周囲で踊っているのは、旅装の若い男達だ。挑発的な女の視線に煽られ、浮かれているのがわかる。

少し埃っぽい風に、日よけの布がはためいている。鉄板の上で金属製のへらを使って手際よく焼かれる肉詰めのパンが、ジュウジュウと美味そうな香りをさせている。

日よけの上から覗く高い尖塔から、祈りを呼びかける詠唱がちょうどはじまったところだった。広場沿いの店から、祈りのために寺院にぞろぞろと向かう者、手慣れた仕種で祈りのための敷布を石畳の上に広げ、祈りに備える者、信仰が異なるのか知らん顔で通りを眺めている者、様々だ。

広場に姿を現した美しいシャハルに、あからさまに好奇の目を向けてくる者もいる。

「ようやく…」

シャハルは口の中で呟く。

そして、アジザーラめ…、という、ここへ自分を閉じこめた忌まわしき存在への呪詛《じゅそ》の言葉は喉奥へと呑み込む。外に出ることさえできれば、二度とあんな得体の知れない厄介者にはかかわらないと決めた。

「孔雀がいたのは、向こうの東通りに面した広場です。まだ、いるといいのですが…」

ルカは首まわりの布を目の下まで引き上げながら、シャハルを促す。

「ああ、行こう」

シャハルは周囲の男達の視線を無視し、腕をひと振りして自分の姿とルカの姿とをまわりから隠した。途端、さっきまでシャハルの姿を目で追っていた男達が驚いたような顔できょろきょろと周囲を見まわす。シャハルの姿を見失ったことが、にわかには信じられないようだった。

シャハルはそんな男達を尻目に、軽やかな足取りでルカと共に歩く。ふわり、ふわりと身体が浮くような感覚は、かつて、自在に空を舞ったときのものだ。

袖のない服から伸びた腕や、剝き出しの肩、そして、踏み出す足の爪先から、細かな光の粒子が煌めき、こぼれる。

これなら…、と薄笑みを浮かべたシャハルは空を見上げる。

今なら、難なく空も飛べることだろう。自分はとうとう、あの穴蔵から解放され、力を取り戻したのだ。

浮かれたシャハルは、ルカの肩に手をかけた。

「シャハル？」

何事かと振り向いたルカの腕をつかみ、シャハルはふいと宙に浮こうとした。以前、軽やかに空を舞った身体は、そのまま踏み出せば何事もなく浮くように思えた。

しかし、身体は浮かない。

勘が鈍っているだけかと、不思議そうに自分を見つめるルカの腕を離し、シャハルは再度、とんと地面を蹴《け》ってみる。

人間などよりははるかに軽い。だが、身体は浮き続けることはなく、しばらく後には足は地面にふわりとついてしまう。

無言で眉を寄せたシャハルをどう思ってか、ルカが声をかけてくる。

「…シャハル？」

「なぜ…？」

シャハルはこの市場の下に——かつては小さな村の井戸に過ぎなかった場所に閉じこめられて以来、何度となく繰り返した問いを口にする。

「まだか…」

「シャハル？」

「…まだなのか？」

ふわり、ふわりと黒髪ばかりがかつてのようにゆるやかに周囲を舞う中、シャハルは再度ルカの腕をつかみ直すと、猛然と市場の端へと向かった。

シャハルの勢いに押されてか、ルカは黙って足を急がせ、それに従う。

広い市場を横切り、一番近い西の大門に走り寄ったシャハルは、その大門をくぐりかけた。

だが、門をくぐる途中で、これまで店頭で自分を阻んできたように、その先に目に見えない壁が立ちはだかっていることに気づいた。

「…ッ！」

シャハルはそれ以上進めない門の途中で立ち止まり、唸り声を上げ、その見えない壁を拳で打った。

さらには腕全体を使って見えない壁に打ちつけるシャハルに、ルカは息を呑む。

ゆらゆらと、くせのない黒髪が風もないのにシャハルの周囲を舞った。

「ルカ、手を貸せ」

その目的が何かとも問わず、ルカは黙って手を差し出した。

「この門をくぐりたい」

ルカは頷き、シャハルの手を引いたまま、前へと進みかける。

しかし、ルカの手を握った手はある一定のところで動かなくなる。

「シャハル？　もしかして、あなたは…」

動かない手に何か言いかけたルカは、シャハルに驚いたような顔を見せた。

「シャハル、目が金色に…光って…」

シャハルはギリギリと歯軋りする。

「ああ…、そうだとも。我が名は、『暁《あかつき》』」

その名のもとに、ゆらりとディークと黒豹の姿を取ったアイオスとが宙から溶け出したように姿を現し、シャハルの足元に従った。

「ディーク？　黒豹もどこから…？」

ルカが低く呟く。

おのれ…、とシャハルは歯嚙みしながら、両の拳を握った。

「おのれ、アジザーラッ!!」

途端、メリメリッ…とも、パキパキッ…ともつかぬ音がして、シャハルの背中、肩甲骨が大きく隆起し、盛り上がり始める。

「…それは、…翼？」

ルカが呆然としたように呟く。

そうだ、これが翼だとシャハルは笑う。かつて、嵐《あらし》を起こすとまで言われ、怖れられた巨大な翼だった。

黒と灰色、白の入り混じった翼は大きく広がり続け、その翼に触れた市場の西門のアーチにひびが入ったかと思うと、そこからガラガラと崩れ始めた。

シャハルとルカの姿を見ることのできない人々が、いきなり落ち始めた石から悲鳴を上げ、逃げ惑う。崩れ落ちてくる石から反射的に頭を庇《かば》おうとするルカの手を取り、シャハルはふわりとその身体を浮かせた。

バサリ、と音を立てて翼が震え、シャハルは美しい形の唇を残忍な形にまくり上げた。

「シャハル、あなたは…？」

そうだ、これこそが翼で空を自由に舞う感覚だと、シャハルは金色に光る目を細める。

「我が名は、『暁《シャハル》』。かつては空を自由に駆けた高位悪魔《シャイターン》」

シャハルはぐいとルカの腕を引き、その身体を背後から抱くと、崩れる門にかまうことなく、そのまま翼を大きく羽ばたかせた。

西門に加え、それを支えていた石造りの市場の壁が、まるで地面が揺れてでもいるかのように音を立てて崩れ始める。あちらこちらから、石壁の崩れ落ちる重い音、悲鳴、陶器の割れる音、金属のひしゃげる音、そして、何かの潰れる鈍い音が響く。

それらを尻目にルカを抱いたシャハルは、なおも翼を羽ばたかせ、一気に空へと舞い上がろうとした。

だが、それも街で一番高い尖塔の屋根ぐらいまでだった。

そこからは強い力に絡めとられたかのように翼が制御できなくなり、シャハルは急に下へと落下してゆく。

「…っ!?」

下へと吸い込まれてゆくような勢いに、腕に抱えたルカが悲鳴に似た呻きを洩らした。

うまく説明はできないが、翼が動かず、どうしても街の外へ出られないと申し訳なさそうに首を垂れたディークの言葉をシャハルは思い出す。

シャハルはゾッとするような思いで、ルカの身体を抱え直し、翼を強く横へと薙《な》いだ。

ギリギリのところで地面に叩きつけられるのを免れ、ルカとシャハルは建物の上へとふわりと浮いた。

鳩尾《みぞおち》を、かつてかいたこともない冷や汗が伝う。

シャハルの荒い息に、ルカが肩越しに振り返る。そのこめかみに、やはり恐怖からなのか薄く汗が浮いていた。

「シャハル…？」

シャハルは再度、ルカの身体を抱えたまま、次は商業船のずらりと並ぶ海へと向かった。

ルカは諦《あきら》めたのか、覚悟したのか、放せとも言わずにシャハルに連れられて街の上を飛んでゆく。

湾がどんどん近づき、埠頭《ふとう》がすぐ側まで見えてくる。港に面した高い外壁を越え、まさにその埠頭の上へと躍り出ようとしたときだった。

翼の力が一気に失われ、下へと強い力で引きつけられる。

「くっ…！」

錐揉《きりも》み状に落下してゆく中、姿勢を変えることもままならず、外壁に叩きつけられそうになるすんでのところで、シャハルはルカを庇うように腕に抱えて市街側へと飛び込んだ。

日よけの布に一度ぶつかったため、それがクッションになって、かろうじて二人の身体は跳ね上がる。

二人の姿を見ることのできない人々が、大きくたわんで揺れた日よけ布が支柱ごと倒れてゆくのに、声を上げて頭を庇う。

「シャハル、このままでは怪我をします」

額に汗は浮かせているものの、意外に冷静な声でルカはシャハルを諫《いさ》める。

「失速するんだ。私の身は街を取り囲む壁を抜けられず、飛び越えようとしても翼が思うように動かず、引きずり込まれるような力で下へと落下する」

「高さもさっきぐらいまで？」

「そうだ、中央礼拝所の尖塔の高さほどにしか飛べない。かつては雲の高さまで、難なく飛べた」

シャハルは荒い息を整えながら応える。

「もう少しゆっくり飛んでみても無理ですか？　急に失速するのは危険です」

さっき、地面ギリギリでかろうじて身をかわせたルカは慎重な提案をする。

「お前は街の外へ出たいと？」

「あなたと一緒に飛んで？」

シャハルの意図をどこまで察しているのかはわからないが、男はかすかに笑い、一応、シャハルの望むとおりに応えた。

「それは、ずいぶん素敵でしょうね」

「私の正体を知った今でも？」

「ずっと、不思議な方だと思っていたので」

お前の方が不可思議な存在だとは口にせず、シャハルはさっきよりもゆるやかに、海とは反対側の南門を目指した。

だが、いくらゆっくり近づいてみても、街を敵から守るための外壁の上で急速に下へと落下してしまう。上へ向かって羽ばたいてみても、やはり中央礼拝所の先頭付近より上へは飛べない。

まるで、街全体が見えない壁に覆われてでもいるようだった。

何度となくそれを繰り返し、やがて何度も錐揉み状に落下しかけたシャハルも疲れてきた。そんなシャハルに抱えられ、共に何度も落下しかけたルカも、ずいぶん疲れているのがわかる。

しかし、我慢強い男は何も不服をとなえなかった。

シャハルはルカをジアの塔まで運ぶと、そこからひとり、ゆっくりと塔の最頂部の床を蹴って、ゆらりと浮かび上がった。

「お前、何か願いはないのか？」

「願い？」

「そうだ、お前の願いを三つ叶えれば、私はここから解放される」

ああ、だから…、と利口な男は呟いた。これまで、シャハルが何か願いはないかと尋ねていた理由に思いあたったのだろう。

「そうだ、お前の思うとおりだ。取引をしよう、望みを言え」

ルカは嵐の直撃でも受けたかのように、門や外壁、一部が崩れてしまっている市を振り返った。

「…この壊れた街を戻せますか？」

「それはお前の欲からくるものではない」

言い放つと、ルカは目を伏せた。

シャハルは眉を寄せる。

わかっている、この男はシャハルの望みを満たせないこと、それによってこの街が壊れたと自分を責めるような男なのだ。

シャハルは小さく息をつく。

「私も以前の力をかなり失ってしまっている。どこまで直せるかわからないが…」

シャハルは片手をかざす。

もう、長く大きな力を使えずにいたために、少し感覚は遠い。

シャハルは工房で長い時をかけてコツコツと作っていたサーミルの街の模型を思う。

そして、歯車と細い鎖、ぜんまいの組み合わさった複雑な仕掛けで、街の外壁が台座から立ち上がってくる様子を思い浮かべた。

街の中核をなす市場。スパイス通り、金物通り、陶器、食材、衣類、装飾具、祈禱《きとう》道具の通り、市場の脇には図書館、律法所、尖塔…、と次々に建物が台座から迫《せ》り上がり、街を形作ってゆく…。

そのイメージの途中で、ルカが歓声を上げた。

「シャハル、壊れた箇所が…！」

シャハルが視線を巡らせると、壊れ落ちた壁や門がまるで時間を巻き戻すように元の姿に戻ってゆく。

以前の力が戻りつつあるのだと、シャハルはどこか放心しながらその様子を見た。

ルカが自分の考えていた以上に喜んでいるのがわかる。

依然として、自分はこの街は出られないが…、とシャハルは嬉しそうなルカの横顔を見る。

無力感や放心と同時に、ルカの喜ぶ顔を見ての安堵といった複雑な思いも湧いてくる。

「重症の者はいるが、死者はまだいない。怪我人を治し、彼らの記憶を消してこよう」

シャハルは言い、ふわりと飛び上がった。

Ⅲ

夕刻、市場の南東の広場の角にあるいつもの辻商いの場所で、ルカは売り上げをしまい、残った薬の在庫を数えていた。

売り上げは堅調に伸びつつある。

そのせいか、昼過ぎに痛み止めを買いにきたという市場の顔役のひとりが、広場での辻商いではなく、通りに店を構えてはどうかと声をかけてきた。

そこまで元手がないので…と説明したが、最初の三年は少し安めで店の場所を貸すので、それが軌道に乗ってから場所を買い取る方法があると説明された。

阿片商人ではなく、様々な病に対応する薬師というのは市場にはこれまでいなかったので、歓迎するとも言われた。最後に顔役は連絡先である自分の店の場所を教え、帰っていった。

店を構えるにはまだ少しかかると考えていたが、一度、家に戻ってこれまでに貯まった売り上げを確認してから、顔役の話を検討してみたい。シャハルにも一度相談してみようとルカは思った。

自らをシャイターンなのだと名乗ったシャハルは、この街の下に長く閉じこめられ、千年以上の時を過ごしたのだと話した。

そして、最初の晩にルカを匿った老人も、実は姿を変えられたシャハルだったのだと教えられたとき、それはそれで合点がいった。

この街でも以前とはまったく別の宗教が定着し、魔神の存在を信じない人間がほとんどとなった今、こんな話を信じるのかとシャハルは苦笑いしていたが、そんな話もあるかもしれないと思っていると伝えた。

事実、ルカの住んでいた村でも神話や言い伝え、迷信の類はあったたし、悪魔よけのまじないや刺繍もあった。墓場では夜、死んだ者に会えると聞いて、母を待っていたのは幼い日の自分だ。

実際、シャハルと共にこの街の上を飛んだのは自分だし、壊れた街を直してゆくのを見たのも自分だ。やみくもに否定しても仕方がない。

それに…、とルカは思った。自分は黒髪に銀の瞳を持つ、そして、時にはその瞳の色が金色へと転じる、あの気まぐれで謎めいた男に惹かれて仕方がないことを知っている。シャハルが普通の謎めいた男であろうが、魔神や悪魔であろうが、側にいたいという気持ちには変わりない。

できれば、空から何度も急降下するのは勘弁願いたいが…、と考えながらルカが店じまいをしていると、ふいに広場の向こうから視線を感じた。

ずいぶん美しい黒髪の女で、薄手で身体のラインの出る、高価そうな絹の服を身につけている。髪と鼻から下に薄手のベールをまとっているのではっきりとはわからないが、そのベールから覗いた灰色の目も、ベールの下に高く通った鼻筋も、どこかシャハルに似ているような気がした。

そう思って相手を見つめ返すと、女はにっこり笑ってルカの方に寄ってくる。

途端、肩に留まっていたディークが、これまで聞いたこともないけたたましい声を上げ、バサバサと羽ばたいた。

「ディーク？　何を怒ってるんです？」

普段とは違って明らかに警戒している鳴き声だと、ルカは女に向かって全身の羽を逆立てている鸚哥をなだめる。

女はルカとディークの前までやってくると、立ち止まり、ものも言わずにディークを睨《にら》みつけた。

美しい顔や気配とは裏腹の、ゾッとするような視線だった。ルカはあまりに禍々《まがまが》しいその目に、一瞬言葉を失った。

女に対し、警戒心を丸出しにしていたディークも、その女の視線に一瞥《いちべつ》されて、怯えたように黙り込む。

「すみません、普段はおとなしい鳥なんですが…」

言いかけたルカは、すでにそこにはいない女に気づいた。

「…？」

まるでかき消えたように姿を消した女を捜し、ルカはしばらく周囲を見まわす。

それにしても、あれだけ綺麗な女性なのに、不穏で何ともいえない恐ろしい目つきだったと…、とルカはディークを撫でる。

「どうしたんです？　普段はそんな鳴き方はしないでしょう？　何かあったんですか？」

だが、ディークは調子の悪い鳥がするように細かく羽を逆立て、首をすくめるようにしてじっと目を閉じている。

「ディーク？」

普段はあれだけお喋りで、今のような気味の悪い女を見れば散々に悪態をつきそうなのに…、とルカは具合の悪そうな鸚哥を見る。

そして、今の気味の悪い女の顔を思い出そうとした。

しかし、シャハルにどこか似ていると思ったその顔は、今となってはあの恐ろしい目つき、それこそ、邪悪さすら感じる目つきしか印象に残っていないことに気づいた。

シャハルと同じ灰色だと思った目も、今は本当に灰色だったのかわからなくなる。

「ディーク、あなたはずいぶん高値で取引されている鸚哥なのだとシャハルが言っていました。気をつけてくださいね」

女が来てから急に黙り込んでしまったディークに声をかけ、そっとその羽を撫でてやりながら、ルカは昔、祖父から聞いた話を思い出していた。

一瞥するだけで人を不幸にする恐ろしい魔物を、ルカの住んでいた地方では『邪眼を持つ者』と呼ぶのだと祖父は言った。

そして、その魔物は何の前置きもなく目の前に現れ、邪悪な眼差しで人を睨むことによって、そのものを不幸にするのだと、ただ、それだけのために人の気配に這い寄ってくるのだと…。

Ⅳ

中庭で黒豹と変じたアイオスの背にもたれかかり、シャハルは水晶を光にかざして、そのカットの仕方を考えていた。

あまりにルカがあっさりとシャイターンとしての自分を受け入れるので、そして、その後も特に怖れるわけでもなく、また、態度を変えるわけでもなかったので、少し拍子抜けしていた。

確かにその方が、自分を置いてここから逃げ出されるよりもはるかにましなのだが…、などと思っていたシャハルは、ルカがいつもより足早でどこか違った様子で帰ってきたのに気づいた。

それと同時に、アイオスが低く唸って身を起こしかける。

シャハルも足早に戻ってきたルカとは別の、おかしな気配にふと意識を凝らした。

何だ、この妙な気配…、違和感…と、シャハルは立ち上がった。

「ああ、シャハル、ディークの様子がおかしくて…」

シャハルの顔を見てほっとしたのか、ルカが肩に乗せたディークを示した。細かく羽を逆立てて、じっと目をつむってしまっている。

それを見て、アイオスはさらに唸り、低く頭を下げて攻撃姿勢をとった。

「お前、…何者だ？」

「シャハル？　私ですが…」

シャハルは銀色に光る目を凝らす。

「いや…、違う…。彼をどうした？」

見た目はルカだが、気配が違う。

「『彼』…？　彼？　…彼？　カレ？」

ルカの声が途中で奇妙にかすれ、老いて醜い老人の声と変わる。

それと共に、普段は落ち着いたおだやかな雰囲気を持つルカの表情が、淫らがましくドロリと歪《ゆが》んだ醜悪なものと化した。

顔はルカのものなのに、表情が転じるだけでこれだけ目も当てられないものになるのかと、シャハルはルカではないものに眉を寄せる。

すでにこの目の前の存在には思いあたっていた。

いつのまにか這い寄ってくる災厄…、そして、シャハルにとっては長い年月をここへ閉じこめてくれた元凶でもある。

「アジザーラ…」

シャハルはその禍々しい名前を低く呟いた。

「私を呼んだろう？　美しい悪魔」

アジザーラは、ルカの形を取った頭をグラグラと揺らす。

「…呼んでなど、いない」

お前がいつも勝手に寄ってくるのだと、シャハルは小さく吐き捨てる。

「ああっ！」

ルカの形を取ったものは、奇妙な声を上げた。

「しばらく忘れていた。こんなに魅力的な存在を！」

あまりにおぞましくて、それが歓喜の声なのだとは信じがたいが、この相手が喜んでいることはわかった。

そして、会話が嚙み合わない。嚙み合わせる気もないのだと、シャハルはこの理解しがたい災厄の元凶を複雑な思いで眺める。

シャハルより力がある、あるいはないなどということは関係なしに、これは本質的なところでかかわってはならないものだ。

忘れていたなら、ずっと忘れていて欲しかった。本当に忘れていたのかどうかは知らないが…。

「お前を閉じこめた小さな井戸は、私にとってひとつの魅力的な宝石箱だった」

かすれた醜い声は、甲高くなったり不快な響きを帯びたりと、聞き取りにくい。

「宝石箱？」

「そうだ、宝石箱だ。あるいは、箱庭か？　私の美しいものを閉じこめておく」

この街全体がか…、とシャハルは眉を寄せる。

「お前の他にも、何人かの悪魔や精、妖獣を捕まえたが、やはりお前が一番飛び抜けて美しい」

何とも趣味が悪い。あらためて聞くと、目眩がする。

「やぁ、思い出したのだ、『暁の風』。かつて、そう呼ばれ、誰よりも怖れられていただろう？　麗しく魅力的な魔神よ」

「千年以上も前のことだ」

シャハルは応えた。

だが、かかわりたくないという思いの方が先立つ。

とにかく、この不気味なものと今はかかわりあいたくない。

「彼と、私の鳥とをどうした？」

できるだけ感情のこもらぬ声を装い、シャハルは尋ねる。

「怒っている！　怒っているな？」

アジザーラは歓喜にも似た表情を浮かべ、シャハルを指さした。

シャハルはますます、この得体の知れない存在とかかわりあいたくなくなった。ルカとディークのことがなければ、戦うことも、相対することも御免こうむりたいと今は思う。

すでにルカの輪郭は歪んでしまい、周囲にドロリと溶け出している。これはシャハルの知る魔術とは、まったく種類の異なる術だ。

しかも、こいつはスライマンをそそのかし、その力の一部を使ったとはいえ、シャハルをここへ閉じこめる術も知っている。

いったい、こいつはルカをどうしてしまったのかと、シャハルは内心歯噛みしたい思いをこらえる。

「お前が憤る顔が見たくてな。その美しい顔が怒りに歪むのは、どうなのだろう？」

今にも踊り出しそうな喜びの感情を垂れ流している存在から、シャハルはわずかに目を逸らし、少し下がって距離を置く。

そして、油断のならない存在に備えて、ゆっくりと背中に閉まっていた翼を広げ始めた。

街から出られない以上、この翼がどれほどの役に立つのかはわからないが…。

「残念ながら…、その期待に応えるほどは、お前に対して特別な感情はない」

「千年ほど閉じこめられたぐらいでは、腹も立たぬか。さすがは『暁の風』」

アジザーラは甲高い癇に障る笑い声を上げるが、それと共に周囲の空間がねじれ、歪むのを、シャハルは気味悪く見た。

ルカの輪郭を帯びていたアジザーラは、徐々に茶褐色のフードをまとった顔のない者へと姿を変えつつあった。思わず鼻を覆いたくなるような悪臭が漂う。そのフードから覗くのは、腐りかけて骨の除く腕だった。

「それでは、あと千年ぐらい、この箱庭にいてもその美しい顔は歪むまい」

「それまで、お前が生きていられれば…」

シャハルはなるべく淡々と言葉を返す。

「ほう…」

アジザーラは、ほう、ほう、ほう…、と不快な相槌と共に揺れた。その度に、何か得体の知れない黒い粉と醜い小さな虫とが、その身体からパラパラとこぼれる。

「これぐらいでは、怒らぬか？　怒らぬのか？」

では…、とアジザーラはよじれた空間を、骨が剝き出しになった手でひと撫でした。

「ならば、これではどうだ？」

その撫でられた空間から、下半身が半ばどこかにかき消えたルカの姿が現れる。肩にはディークも乗っているが、ディークは両羽根と背中の一部が消えている。

そして、共に意識がないかのように目を閉ざしていた。

二人を包む丸い空間は、向こう側が不明瞭な滲んだ色味のまま、ぼうっと周囲に溶けている。

「ルカ…！　ディーク！」

シャハルがとっさに呼びかけると、ルカのほうだけが、ふっ…と目を開けた。

「…シャハル？」

「ルカというのだな？　この男。千年の封印を解いてここへとやってきた男」

嬉しげな声を上げたのは、アジザーラだった。

「アイオス！」

シャハルは叫んだ。

アイオスは唸り声を上げ、アジザーラに飛びかかったが、アジザーラは高い哄笑《こうしょう》を上げながらその場に滲んで溶けいるように消えてゆく。

「そら、溶けるぞ、溶けてしまうぞ…」

黒い霧のようにその姿を散らしながら、アジザーラはなおも声だけで笑った。

「急げ！　急げ！　そして、絶望しろ。その取り乱した顔を、また、いつか見に来よう」

シャハルは声だけとなった災いにかまわず、ルカの閉じこめられた滲んだ空間へと手を伸ばす。

「ルカッ！　ディーク！」

しかし、シャハルの腕はそこに何もないかのように、ルカとディークの姿を突き抜けてしまう。

二人の実体はここにはないのだと、シャハルは焦った。アジザーラの術とシャハルの力とは、種類が異なりすぎる。アジザーラはシャハルをよく知っているらしいが、シャハルにはいにしえより存在するこの災厄の正体すら、ろくにわからないのだ。

シャハルはアジザーラが声と腐臭だけを残していた空間を睨んだが、すでにそこにはアジザーラの気配もなかった。

「ルカッ！」

シャハルの腕がまったく自分をつかまないこと、身体の中を何もないかのように突き抜けていることに、ルカも驚いたような顔を見せている。

そして、申し訳なさそうな顔を作った。

「シャハル、あなたがとても遠い」

アジザーラは、ルカとディークが溶けてしまうと言った。

二人の実体がここにはないため、このアジザーラの術を破る方法をシャハルは知らない。すぐには、これを解く術《すべ》がわからない。

今、唯一、ルカを救う方法と言えば……。

シャハルは叫んだ。

「願え、『永遠《とわ》の命を』と！」

ルカはとっさには、シャハルの言葉の意味がわからないようだった。

「願え、私と共に生きたいと！　そうでないと、今はお前を救う術がない！」

叫ぶシャハルは、知っていた。この願いは、本当は自分の願いの裏返しでもある。

ルカは切なそうに、微笑んだ。

「私には、あなたがいつまでも幸せであれば、それでいい。あなたがここから出られるのなら、それを私の望みとしましょう」

「私ひとりが幸せであっても、仕方ないのだ！」

シャハルはなめらかな黒髪をかきむしる。

「お前なしで、ひとりいつまでも生きて、いったい何が幸せだというのだ！」

頭を抱え、シャハルは叫んだ。

「この街から出られても、出られなかったとしても！」

「シャハル？」

「お前はわかっていない！　お前は全然、わかっていない…」

「シャハル…」

困ったように眉を寄せるルカに、ならば…、とシャハルは呻いた。

「ならば、望んでくれ。私がただの人間になるようにと…、何の力も無い、お前と共に老いて、いつかは死ぬことの出来る、ただの人間として生きられるようにと…」

「…なぜです？」

ルカはゆっくりと自分を呑み込んでゆく空間の中に取り込まれながら、呟く。

「なぜ、あなたの幸せをと願う私の望みが、あなたを苦しめるのです？　あなたが嬉しげに微笑んでくださることこそが、私にとっては喜びなのに…」

頭を抱えるシャハルに、徐々にその身体を空間の中に消しつつあるルカは、手を差し伸べてくる。

「ディークもこんな目にあわせてしまって…」

シャハルはもはや頭部以外は残していないディークを、側へと抱き寄せるルカの仕種を見た。

「泣かないでください。愛しい人…」

「泣いてなど…」

呟くシャハルは、自分の目からこぼれる熱いものに気づき、言葉を失った。

涙など、人間だけがこぼすものだと思っていた。愛など、自分の中に存在すると考えたこともなかった。

そして、自分がそれを望んで泣くことなど、考えたこともなかった。

「愛しい人…、あなたが笑ってくださることが、私の喜びでした」

自分の目から溢れ出る涙に驚きながら、シャハルはただただ、深く胸を喘がせ、ルカを見上げる。

ルカはシャハルに触れようとするかのように腕を差し伸べ、向こうからは遠く見えるというシャハルの輪郭をやわらかくなぞる仕種を見せた。

「泣かせるつもりはないのです。ただ、いつまでもあなたには笑っていてほしい…」

「消える！　お前が消えてしまう！」

手で押さえても、口をついて漏れる嗚咽《おえつ》と悲鳴にシャハルは首を横に振りながら、ルカを見つめる。

「お前を失っては、意味がない。私だけ無意味に生きても意味がない。何もいらない。だから、望んでくれ！　…生きたいと、私と共に生きていたいと…」

ルカは頷いた。

「ええ、あなたの側にいたい。ずっと、これから先も…、一緒に生きて…」

ルカの言葉に、シャハルは伸ばされたその腕をつかむ。

つかめなかった腕が、今度はしっかりと実体を伴ってシャハルの腕の中にあった。

「お前の望みを叶えよう」

シャハルが涙を拭いながら笑うと、宙に消えかけていたルカの姿がゆっくりと現れてくる。

肩に乗っていたディークも、同じようにその輪郭を戻し始めた。

姿を戻しつつあるルカとディークは、ゆるやかに宙に円を描くようにして全身を現し、やがてそっと床に足を下ろした。

シャハルはルカに腕を伸ばし、その頬から肩、肩から腕と慌ててなぞる。

ディークはルカの肩から羽ばたき、シャハルの肩へと移ると、グツグツと喉を鳴らした。

「私はここにいても？　これから先もあなたと共に？」

ルカはシャハルの髪を手に取り、そっと口づける。

「そうだ、お前がそう望み、約束した」

シャハルはゆっくりとその身体を抱き寄せながら、頷いた。

「これからもずっと、一緒にいようと…」

お前の望みだと言いながらも、それが自分の強い願いでもあることを知ったシャハルは、そっと男に口づけた。

終章

サーミルの市場は今日も賑わっている。

大道芸人が五人がかりで賑やかな曲を奏でるのにあわせ、踊り子二人が布を翻して踊っているのにかなりの人が集まりつつある。踊り子達の上半身は胸許を覆う布とそれにつないだ袖だけ、腰から下は脚の線が透けて見える扇情的な衣装に、周囲の男達は大喝采だった。

広場に面した食堂で、ルカとシャハル、アイオス、それにディークはテーブルに着いていた。

食堂の日よけの下には、奥の厨房から肉を炒《いた》める美味そうな匂いと煙とが漂っている。

テーブルの上には、すでに蜂蜜酒をたっぷり注ぎ入れたカップが置かれ、ナッツとピスタチオの入ったプディングが取り分けられていた。そこに湯気を立てた子羊の串焼きと穀物と鶏《とり》のスープ、挽肉《ひきにく》と野菜の炊き込みピラフが大皿に山盛りにされ、運ばれてくる。

ルカが取り分けようとすると、アイオスが控えめにそれを制し、代わりにそれぞれの皿に載せてくれる。

「本当に酷い目にあった。下手をすれば、永久にあの暗がりから出てこられないところだった」

ブツブツ文句を言うのは、ディークだった。

「あれは絶対に、かかわっちゃいけないものだ。善悪とかいう観念を超えている。執着ぶりが異様だ。

あそこまでいくと、妄執と言ってもいいんじゃないか」

アジザーラに睨みつけられた途端、何もないただただ真っ暗な空間に呑み込まれてしまったのだとディークはこぼす。

何も聞こえず、何も見えない、上下の感覚もない場所で、ルカが同じように取り込まれるまでは為《な》す術もなかったという。

ルカ自身は、あの空間に取り込まれた時のことはあまりよく覚えていない。具合の悪そうなディークに声をかけ、いつもの辻商いの場所から急いで帰ろうとしたあたりのことまでしか記憶にない。

気がつくと、やはりディーク同様、暗がりにいた。ディークが側にいることは感覚的にわかったが、呼びかけてみても声は自分の内側に響くばかりで、手足を動かしてみても、ただ闇をつかむばかりだった。

その状態に疲れ、半ば眠っているような状態にあったとき、シャハルにはるか遠くから呼びかけられた。

「古今東西、あんな術は知らないな。聞いたこともない」

焼きたての子羊の串を取りながら、シャハルは言った。

今日は長い黒髪をざっくりと粗い布で巻き上げているが、布の間からほつれ落ちた髪が艶っぽい。

ルカは逆に傍目には髪を沈んだ栗毛、瞳はこの市場でもよく見かける茶色に見えるように術をかけてもらっているので、今日はいつもとは違って顔や髪を隠すこともなく、テーブルに着いていた。

こんな術もかけられるのですかと尋ねると、人の姿を変じる術を使えるようになったのは少し前からだという。シャハルもいろんな力をアジザーラによって封じられていたらしい。

「術にも色々な系統があるのですか？」

ルカの問いにシャハルは頷く。

「それなりにある。私のような魔神《ジンニー》は、基本的に死んだ人間を生き返らせることはできない。時間を巻き戻すこともできない」

「それは…」

かつて、死んだ母に会いたいと願ったことのあるルカは、しばらく考えて呟いた。

「可能だとしても、行わない方がいいのではないでしょうか？　子供の頃は死んだ母に会いたいと願ったこともありますが、今は亡き者は無理に蘇らせない方がいいと思います」

シャハルは頷く。

「私も最終的には、その方が人間にとってはいいと思う。だが、それを願う人間はやはり多いし、死者を蘇らす専門の術も、太古にはあった」

「あるんですか？」

ルカは思わず、声を潜めてしまう。

「ああ、ある。今も時折、その系統の黒い『負の魔術』を使う者はいるが、人間から疎まれ、狩られることの方が多いし、表立って日の当たるところを歩けない。それなりに棲《す》み分けはある」

この間、街を直したり、怪我人を治したりとずいぶん力を使ってしまったから、できるだけ力を取り戻したいとシャハルは無造作に肉にかじりつきながら説明する。

見た目からは信じられないほどの食欲は健在だが、確かにスパイスを効かせた甘辛の子羊の肉は、ずいぶん美味だった。

「他に壺や箱の中に閉じこめる術、一時的に時間を止める術を使う者もいるが、ヤツのは違う」

いとも無造作な言い方だが、いずれもかけられる方にとってはありがたくない魔法ばかりだと、ルカは涼しい顔で言ってのけるシャハルを横目に見た。

「第一、それらはずいぶん高度な術なんだ。使える者も限られているから、だいたいはそのときによって、誰がやったかは見当がつく。そんな中でも、ヤツのは系統が違う」

スープに手を伸ばしながら、ルカは尋ねた。

「街を出られないと、やはり不便ですか？」

ルカの問いに、シャハルは少し考える。

「…あの地下からは出られたし、今すぐに不便だというわけではないが…」

言いかけたシャハルは、だが…、と眉を寄せた。

「あいつのいう『箱庭』というのに封印されたままというのが、気に入らない。まだ、首に枷《かせ》でもつけられているようだ。私は好きなところで、好きなように生きたいのだ」

シャハルらしい言い分だ。アジザーラに暁の風と呼ばれていたように、シャハルの気ままな性分や基本的な力は光と風にのっとったものらしい。

「時間はありますから、ここから出る方法を探しましょう」

「急いでくれ。また、あいつに何かやらかされたら、かなわない」

そこだけは焦れたようにシャハルがわずかに唇の端を曲げるが、そんなどこかふてくされたような表情も魅力的だった。

「それはもちろん。この街でできることは一緒に。もし、あなたにこの街の外へ出ることが無理なら、私が調べに行ってもいいですし」

それでも、久しぶりの外の世界、自由な空気を、シャハルはシャハルなりに楽しんでいるようだ。

さっきの女性達の舞いは、ずいぶん長く眺めた挙げ句、かなりの額の硬貨を弾んでいた。

「この街もそう悪くないですよ。さっきも、ずいぶん魅力的な踊りを堪能できました」

ルカが言うと、肉の刺さった串を手にしばらくシャハルが黙り込んだ後、いつもとは少し違うトーンの声を出した。

「…お前、やはり女の方がいいのか？」

予想外のことを言い出すシャハルに、ルカは思わずその顔をまじまじと眺めてしまう。

「さっきの踊りは、楽しんでいらっしゃったんじゃないんですか？」

だから、見物料を多めに入れたのだろうとルカは尋ねた。

「お前が望むなら、女の形を取れないこともない」

シャハルがそう言って小さく指を鳴らしたかと思うと、瞬きする間もなく、黒髪を垂らした美しい女の姿となった。

顔立ちはシャハルのものだが、眉や唇のラインが細くやわらかくなり、紅の乗った唇はゆるやかな笑みを浮かべている。艶やかな銀色の瞳を持った、妖艶な美女だった。

ドレープのある胸ぐりの深い服からは豊かな胸許が覗き、その谷間に真珠と銀の煌めく鎖が下がっていて、男なら誰しも目を奪われる。

「この方が好みだろうか？」

尋ねる声に含まれる甘さと艶は同じだが、声はすでに女性のものだった。

「いえ…、そういう意味ではなく…。もちろん、女性の姿も魅力的だと思いますが…」

別に女より男を好むわけではなく、シャハルが魅力的だったからこそ惹かれたのだとはうまく言えずに、ルカは口ごもる。

女性の姿を取るシャハルも十分に魅力的だが、やはり、自分のよく知ったシャハルとは異なる。それに女性の姿にも惹かれると言うと、シャハルの機嫌が微妙に損なわれるような気がした。

「どちらがいい？」

シャハルは美女の姿を取ったまま、微笑んでみせる。だが、優雅に笑ってはいるが、目の奥は笑っていないようにも見える。

「いつものあなたの方が…」

微妙な気配にルカが救いを求めてアイオスやディークの方へと視線を動かしてみても、ディークはまったく知らん顔で肉を啄んでいるし、アイオスは非常に申し訳なさそうな顔で目を伏せる。

「…私もディークも、こういった色恋沙汰は不得手でして」

助けることはできないとばかりに首を横に振られ、ルカはシャハルの方に手を差し伸べた。

「私にはよく見知った姿ですので、いつもの姿に戻っていただけませんか？」

シャハルがゆっくりと一度瞬きすると、そこにはもとの姿に戻ったシャハルがいた。

承知した証なのか、シャハルはルカの差し伸べた手をとんとんと軽く叩き、アイオスが取り分けたピラフの皿へと手を伸ばす。

「さっきの踊りが楽しかったのは、見たことのない踊り、聞いたことのない曲だったからだ。やはり、閉じこめられている間に時代が移っているのがわかる」

「千里眼でご覧になっていたのでは？」

色々なものを見聞きしていたのではないのかと、ルカは尋ねる。

最初の朝、千里眼があっても隣の部屋のことはわからないのかとディークをからかっていたのは、シャハルだ。どこまで、何を見ていたのかは聞いたことがない。

「確かに前まではディークが私の目に代わり、もう少し私に力が戻ってからは、鏡に映して直接に外を見ることはできた。ただ、あらゆるものを見聞きできるかというとそうではない。やはり、とても限定的なものだ」

だからこそ、今、色んなものが新鮮に見えると、シャハルは楽しげにピラフを匙ですくう。

「この料理にしてもそうだ。野菜やスパイスの種類が増え、家畜の種類も増えた。その分、味や料理の種類はより増え、贅沢になっている」

こんなシャハルの言葉を信じるとしたら、はるか昔より世の中を見てきたシャハルはどれだけのものを知っているのだろうか。

「やはり、長く生きた方が色々と優れたものは見られるのでしょうね」

「確かに優れたものは多く見られるが、今よりも昔の方が優れていたものもある」

「そうなんですか？」

「ああ、私が作っているからくり細工も、あれは昔の職人の持っていた技術だ。他にも、国や民族の滅亡によって失われてしまったものは山ほどある」

横からディークが口をはさんだ。

「国や文明、文化は、時代によって栄えたり、衰えたりだ。これから、シャハル様と生きるなら、お前もそれを目にするだろう」

そうは言われても、ルカにはまだそんなに長く生きる自分は見当もつかない。かといって、色々見たせいだろう。シャハルが嘘《うそ》をついているとも思えない。

シャハルが術には系統があると言っていたが、風の精とも喩《たと》えられるシャハルは、術の使い方もあまり仰々しくない印象だった。気がつくと、色々なものが変わっている。

確かにあっという間に街を直した様子を見ても、間違いなくその力は強大なのだろうが、人にそれと悟らせることなく力を使えるのだとわかった。わかりやすい呪文を唱えることもなく、ほんの瞬きするほどの間にすべてを行う。

凄まじかったのは、初めて背中から翼を見せたときの憤りだが、あのときも何か呪文を使ったというよりは封じ込められていた殻を、自らの憤りで破ったという印象だった。普段はあそこまで憤る姿を見たことはないし、どちらかというと常に薄笑みを浮かべていて、性格的にも余裕があるように思う。

それもあって、自分がシャハルと共にこれから先も老いることなく生きるのだと言われても、すぐにはピンとこないのかもしれない。

そうこうしているうちに、串焼きの皿はあっという間に空になる。追加を頼みに行こうとしてくれるアイオスを制し、ルカは空の大皿を持って立ち上がった。

熾《おこ》した炭の上で忙しく肉を焼く料理人の前に行って、空いた皿を手渡す。

「羊と牛の串焼きを追加でもらえますか？」

「ちょっと待っとくれよー。今、焼きたてを盛るから」

じゅうじゅうと煙と香ばしい肉の香りを立てる串をひっくり返す料理人を待っていると、いきなり勢いよく燃える火の中から、炭の欠片が爆《は》ぜた。

「熱っ！」

かなり大きな炭の欠片は袖口近くに入りこんでしまい、ルカは慌ててその炭を払う。

「大丈夫かい？　悪いね」

火の向こう側から、料理人が声をかけてくる。

「いえ、たいしたことはないです。水で冷やして、あとで薬を塗っておきます」

「そこの裏手の甕の水を使うといいよ」

料理人に礼を言い、ルカは店の裏手で大きな水瓶から桶に水を汲み入れ、手の甲を入れた。思ったよりも広い範囲が、赤くなってしまっている。

「うっかりしたな…」

ここまでひどい火傷になるとは思わなかったと、ルカは水の中でもヒリヒリと痛む赤い火傷痕を見下ろした。

でも、あまり長く席を外すのもどうかと思い、ルカはそこでしばらく傷を冷やした後は火傷痕を袖口に隠す。さっき、料理人に言ったとおり、冷やした後は薬を塗っておけばいいだけだ。ルカは自分の作る薬の効果をよく知っている。三、四日もすれば、赤味も消えて痛みもなくなるだろう。

ルカは料理人に声をかけ、火傷で迷惑をかけた分、肉を多めに盛りつけておいてくれたという大皿を受け取ってテーブルに戻った。

食事を終えた後、家に戻るというディークとアイオスと別れ、ルカはシャハルを街の海側へと誘った。

塔の上からぼんやりと眺めたことはあったが、海辺にはまだ行ったことがない。シャハルが街の外壁を越えられないというのはこの間の一件でわかっていたが、ならば、その外壁まで一緒に行ってみたいと思った。

「もっと早く港の方へ来たかったんですが…、一度、側で船を見てみたくて」

海を目指してのんびりと市場の中を抜けながら言うルカに、シャハルは逆に驚いたようだった。

「まだ、船を見たことがないのか？」

「いいえ、ここへ来て海の上に浮かぶのをザハの塔の上から見ましたが、港にまでは来ませんでした。詳しく見たのは、この間、飛んだときが初めてですね」

楽しみです、とルカは港町でもある市場の様子に目を細める。

シャハルの家に居候の身でもあったし、何か少しでも役に立たねば、あるいは生活の糧を得ねば…、と街の散策は後回しになっていた。

だが、シャハルの言葉どおり、もっと早くに湾岸部を見に来ていてもよかったのかもしれない。

港に近づいてゆくと、市場の様子も街の中央部とは異なり、潮の匂いがして海鳥の鳴き声が始終聞こえてくる。半裸に近い姿で作業する、よく日に焼けた湾岸人夫の姿も多い。

「こちら側に来ると、サーミルが港町なのだとわかりますね」

港に面した見上げるほどの大きな門の手前から潮の匂いはより強くなり、湿った藻や貝などのついた大きな壺や縄、杭などがあちらこちらに積まれている。

物の売り買いよりも荷の上げ下ろし、受け渡しの作業が目立つ。作業音が大きいせいか、人々の声も叫びに近い。

市場からゆるやかな下りとなった道を下り、二人は門までやってきた。

「船が見たいなら、側で見てくるといい。波止場は人や荷物の出入りで慌ただしいが、それでも端の空いた方へゆけばそれなりに気持ちのいい場所だ」

門の下で、シャハルはルカを促す。

「じゃあ、お言葉に甘えて。すぐに戻ります」

できれば一緒に行ければいいのですが…、とルカが言うと、シャハルは苦笑した。

「ゆっくり見てくるといい。時間はいくらでもあるから」

見送ってくれるシャハルに、ルカは数歩行きかけ、臙脂の旗を掲げた大型の見事な商船が三隻ほど並んで港に向かってくるのを見つけた。

「シャハル、ずいぶん立派な船が入ってきますよ！」

ルカの呼びかけに振り返ったシャハルは、すぐかたわらを抜けてゆく馬車の音でうまく聞き取れなかったのか、数歩戻ってくる。

「あそこに、ほら！　臙脂の旗を掲げた船が…」

そこまで言いかけたルカは、シャハルが陽射しに目を眇めながらルカの指さす方向を見る姿に驚く。

「…シャハル、そこは…」

何事だという顔を見せたシャハルは、次に自分がこの間は越えられなかった門の外へと足を踏み出していることに気づき、驚いたようだった。

思わず、ルカと顔を見合わせる。

次の瞬間、ルカは思わず歓声を上げてシャハルに走り寄り、抱き寄せてしまっていた。

「シャハル、あなたはもうこの街に囚われの身じゃないんです！」

「どうしてだ？　この間は、越えられなかったのに…」

次はまた、どこかに壁でもできるのかと軽口を叩きながら、シャハルはルカの腕の中で笑っている。

「ヤツの呪いが解けたのか？　わからないな、確認しないと」

そして、少しいいか、とシャハルはルカの身体に腕をまわすと、もう片方の腕を一振りした。

それだけで、どうやらまた、周囲から見えないように姿を消したらしい。何事かと振り返っていた男が、不思議そうに周囲を見まわしている。

シャハルはザッと、一気に背中から翼を出してみせるとふわりと飛び上がった。

軽くルカの身体に腕をまわしているだけだが、共に身体の浮いているルカはまったく恐怖を感じることもない。これもシャハルの力なのだろうが、自分の重さを感じることもないのが不思議だ。

「あの臙脂の旗を掲げた船は、新型船だ。船の形もずいぶん変わったものだ」

行ってみよう、とシャハルは港を目指してきつつある船の方へと軽々と海を越えて飛んでゆく。

眼下に居並ぶ船を見下ろし、ルカはその壮大な眺めに感心しながら大きく息をつく。

振り返ってみれば、巨大な港町であるサーミルの壮大な姿が見渡せる。大きなドーム屋根は礼拝所、尖塔はその周囲に配されたものだろう。

「美しい街だったんですね」

ルカは石造りの壁とその上の岩山に並ぶ住宅街、その裾野に広がる市場の様子に微笑む。

「そうだな。地下に閉じこめられていると、なかなかわからないものだが…。私も今の街を外から見るのは初めてだ。これまではディークに聞いた話をぼんやりとした鏡に映して、あの細工物の街を作っていたからな」

シャハルは半ばぼやきに近い呟きを漏らし、髪を巻いていた布を解くと、海の上を飛んでゆく。横をすべるようにカモメが三羽すれ違っていった。

「それで、あの街の出来ならたいしたものだと思います。でも、確かにこれだけ自由に空を飛べれば、地下から出られないのは辛いですね」

ルカの言葉に、そうだな、とシャハルは苦笑する。

シャハルはそのまま危なげもなく大きく高い帆柱を三本持った大型船に近づいてゆくと、その一番中央の柱の最上部に設けられた檣楼《しょうろう》へと下りたった。

港が近いせいだろう、船上では慌ただしく船員らが船を港に着ける用意をしている。

ルカはシャハルに握らせてもらったロープにつかまりながら、潮風を胸一杯に吸い込み、近づきつつあるサーミルの街を見た。

「私は、この街が嫌いではありません。異国情緒と活気があって、よそ者でもそれなりに迎え入れてくれる」

「故郷に帰りたいとは思わないのか?」

ずっと、聞いてみたいと思っていたと、ロープにつかまらずとも危なげなく鐘楼の上に立っているシャハルは、腕組みしながら尋ねてきた。

「父や母の墓は気になりますが、もう私を気にかける者もいない村です。美しく、懐かしい場所ではありますが…」

父が薬草を薬鉢で擂《す》っていたあの大きな調合机や、母がシチューを作ってくれた暖炉などは今も懐かしく思い出すが、父の死後はずっと孤独を感じていた。

「どこの国や街、村にも、興亡はある。長く栄えても、ずっと繁栄し続ける場所というのはない。この街もいずれは姿を変えるだろう。お前の村もまた、いつかは変わる」

時代ごとに色々な国の興亡を見てきたらしきシャハルは、長い黒髪を風に煽られながら淡々と言う。

「そうなんでしょうね」

自分にとっては、今、こうしてシャハルの隣にいるのが一番落ち着くのだとは言えず、ルカは髪に風を受ける。姿そのものを見えなくしているせいだろう。髪はもとの金髪に戻っていた。

頭上で風を受ける帆の隙間から強い陽射しに目を射られ、ルカは思わず腕を上げ、自分の目の上を庇った。

「海の上は、少し日射しがきついんでしょうか？」

言いかけたルカは、袖から覗く自分の腕にさっきの火傷痕がないことに気づく。

「…？」

「どうした？」

「いえ、さっき、肉を取りに行ったときに炭が爆ぜて、かなりひどく赤くなっていたのですが…」

感覚的には冷やしても水ぶくれができそうな火傷だったと、ルカは袖をめくり、まじまじと自分の腕を眺める。

シャハルはそっとその腕に手を添える。

「私と共に生きると言ったろう？」

ルカは自分の腕と、悪戯《いたずら》っぽい表情を浮かべるシャハルを見比べる。

「傷も消えるということですか？」

「ああ、傷は癒《い》えるし、病にもかからない。歳も取らない。だから、お前があのサーミルの街を気に入ったとしても、人々が不審に思う頃には違う街に移らねばならないだろうな」

ルカはしばらく、火傷のあったはずの自分の腕をじっと見下ろす。

「まだ、想像もつきませんが…」

「しばらくはな」

シャハルは何もかもを見透かしているかのような顔で笑った。

「私が怖れるのは…」

ルカは近づきつつあるサーミルの港を見ながら言った。

「また、ひとりになることなのかもしれません」

お前を失っては意味がないと叫んだことが嘘のように涼しい顔で、シャハルは魅力的な銀色の瞳を細める。

「そうは言っても、いずれはお前が私に飽いてしまうかもしれないよ」

「私はけっこう、気が長い質《たち》なんです」

ルカの言い分に、シャハルは声を上げて笑った。

END

千年の封印

海からの風が、ジアの塔まで吹き上げてくる。

ルカはその風に金の髪を揺らしながら、珍しく難しい顔でふわりと宙に浮かび上がったシャハルを見た。

シャハルは何事か口の中で呟きながら、時間をかけてゆっくりと少しずつ向きを変え、海側から街にかけてぐるりと順に腕をかざす仕種をしている。

その真剣な表情と金色に転じた瞳から、シャハルがどれほど入念に術を使っているのかがわかる。

美しい黒髪が風に煽《あお》られ、その細身のしなやかな身体の周囲を舞っている。

ルカの隣に立つアイオスの肩にはディークが乗り、周囲へと抜け目なく目を配っていた。

当面、この街にいる以上、二度とアジザーラを近寄せない結界を張るのだとシャハルは説明した。

「普段は、ここまで厳重な結界は張られない方ですが…」

じっとその様子を見守っていたルカに、アイオスが説明してくれた。

「もともと、シャハル様を敵にまわそうなどという考えなしな存在などなかったからな」

ディークもそれに言葉を添えた。

「そうなんですか？」

高位悪魔だとシャハルは言ったが、見た目はほっそりとしているし、好戦的にも見えない。日頃の考え方も、かなり鷹揚なものだ。

確かに初めて翼を現し、門を壊した時の憤《いきどお》りは凄まじいものだったが、それでもルカはあの時のシャハルを美しいと心のどこかで思っていた。その正体に驚きはしたものの、恐ろしいという感覚には至らなかったというのが正しいだろうか。

髪が金色だという理由だけでルカを獲物のように捕らえ、この街へと無理矢理連れてきて売り飛ばした奴隷商人や、ルカを買った、あの何人もの白人青年らをいたぶっていた年配の男のほうが、よほど忌《い》まわしく、人の形はしているけれども人ではない非道で獣《けだもの》じみた存在だと思う。

理由はどうあれ、エリアスを故郷へ無事に帰れる手はずを整えてくれたシャハルのほうが、よほどまともだ。

だが、シャハルが本気を出した時には軽く一個軍団に相当するほどの戦闘力があるだろうといったのは、普段はあまり大げさにものを言わないアイオスだった。

そもそも、平気で炎や光、風を操ることのできるシャハルの力を、軍隊の戦闘力などで表現するのは難しいと、慎重なアイオスは丁寧な解説を入れていた。それでも、言わんとしていることはわかる。要するに平気で街や都市を潰すだけの力は持っているということなのだろう。

「以前はレヴァイアタンもいたしな」

大きかったぞ、と誇らしげにつけ加えたのはディークだ。

「アイオス！　ディーク！」

宙に浮いたシャハルが、呼びかけてくる。

「街の外を巡ってくる。しばらく頼んだぞ」

そう言い残し、シャハルはふわりと翼を広げると街壁の方に向かって飛んだ。

頼んだというのは、ルカのことだ。何かあった時、ルカを守れという意味だろう。

この間のアジザーラのことがあってから、シャハルはルカと離れることを嫌がるようになった。アジザーラの出現のタイミングや出所がわからないだけに、また、以前のようにルカを連れ去られるのではないかと案じているらしい。

昨日もルカが薬を商いに出る際、シャハルはディークに姿を転じてついてきた。シャハルが一歩前に踏み出しただけで、今、隣にいるディークの姿に変わっていたのだから、あれにはルカも驚いた。本当に何の前置きもなく、術を使う。

見た目にはどこを見ても鸚哥《インコ》の姿だったが、喋りだすといつものシャハルの独特の甘さのある声で、なるほど、これは確かにシャハルなのだなとようやく信じられたぐらいだ。

だが、留守中に自分の住処《すみか》に入り込まれるのも嫌だというので、シャハルはこうして厳重な結界を張り巡らせることにしたらしい。

普段、さりげなく術を使うだけに、さっきのように手をかざし、何事かを口の中で呟いてその術を上書きするのは、それなりに大きな力を使っている時なのだとわかる。

「レヴァイアタンというと、あの棚に飾られている海竜の？」

「ああ、この世で最強の生き物とも呼ばれていた。海を泳げば、波が逆巻くほどの巨大さでな。本当に強くて、純真な奴だった」

ディークは、街の外へと向かうシャハルを見送りながら言った。

「純真?」

最強の生き物という表現に見合わない不思議な表現に、ルカは思わず尋ね返す。

「そうだ、純真な奴だった。まるで赤子のようにシャハル様を慕っていて、その懐きようときたら、本当に何の計算もなかった。純粋で無垢で、何に代えてもその御身をお守りしようとしていた。シャハル様も、それが可愛かったのだろうな」

ずいぶん、可愛がっていらした、とディークは昔を懐かしむように目を細めた。

最強の生き物と言われて想像もつかなかったが、外観は恐ろしくとも、人に懐く犬や猫を愛するような感覚でシャハルはその生き物を愛でていたのだろうか。あの棚に飾られたレヴァイアタンの出来を見れば、そのシャハルの深い愛情もわかる気がする。

「本当はやさしい人だというのは、よくわかります」

呟くルカに、ディークはシャハルの姿が遠くなったあとも、やや声を潜める。

「…やさしいというのは、少し違うと思うぞ。気まぐれなお方ではあるが…」

アイオスは苦笑した。

「ルカ様には、違って見えるのでしょう」

そして、いや…、と言い換える。

「むしろ、ルカ様がシャハル様の新しい一面を引き出しておいでになる」

「そうでしょうか？」

謎めいてはいたが、最初から親切だったとルカは思う。確かに、そこに契約を成立させたいという意図はあったのだろうが、細やかなやさしさはずっと感じていた。

寝床に案内してくれた時も、わざわざ手足を洗うために水を用意してくれたし、翌朝には自ら傷口を洗って手当もしてくれた。

匿《かくま》うのと面倒を見るのとは別だと割りきることもできたはずだが、すべてにおいてシャハルは細やかな気遣いを見せてくれていた。それはルカだけでなく、ディークやアイオスに対してもそうだ。

時につっけんどんな物言いをしていても、何だかんだと気にかけ、その身を案じている。

私は…、とアイオスは微笑む。

「これまでシャハル様と共に長く生きてきましたが、あなたを救おうとされた時、シャハル様があそこまで必死になられたのを見たことはありませんでした」

「ああ、それは確かに」

ディークは頷く。

「涙までこぼされたのを見て、驚いた」

「シャハルは泣いたことが…？」

年齢的には、そう頻繁に泣く歳でもない。だが、子供の頃はやはり相応に…と考えかけ、そもそもシャハルには子供時代というものがあったのだろうかと考え直す。

まだまだ謎めいて不思議な存在だが、少し幼いシャハルは見てみたかった気がする。そう言えば、あの落ち着いて老成した一面を持つ人は、どんな顔を見せるだろうか。

「そもそも、泣く必要がない。第一、これまで誰かを望み、愛されるということがなかったのだ。レヴァイアタンを失われた時は、かわいそうなことをしたとたいそう落ち込んでいらっしゃったが、あれとも違う」

だが、ルカよりも長い長い時を生きてきたという高位悪魔だ。何人かはやはり想いをかけた相手というのはいたのではないだろうかと、ルカは褥《しとね》では非常に性技に長《た》けた美しい情人を思う。

初めて寝た時のシャハルの物馴れた態度を思い出してみても、過去が透けて見えるようだった。

過去に食料と引き替えに何人かの相手と寝た自分が、シャハルの過去を責める権利などないことは重々承知だ。だが、それでも複雑な気持ちはある。

妬《や》けるとでもいうのだろうか、とルカは自分の漫然とした微妙な感覚にわずかに眉《まゆ》を寄せる。そもそも、ルカのほうもこんな落ち着かない気持ちは初めてだった。初恋の少女が領主の息子に見初められて身籠もったと聞いた時に感じたのは痛みと寂しさだったが、あの時とは異なる。

むしろ、アイオスに抱いていた気持ちに等しいと思いかけ、ルカはディークを肩に乗せたアイオスの横顔を見る。

シャハルに兄弟係累に近い存在なのだと聞いたが、いまだに胸の奥で時折揺れる疑念はいかんともしがたい。

自分はここまで猜疑《さいぎ》心の強い、嫌な人間だっただろうかと、目を伏せるルカに気づいているのか、いないのか、ディークは言った。

「その時々で気に入った人間はいたが、それと共に生きようなどと考えられたことはないな。お前が初めてだ。第一、人間は必ず死ぬものだと割り切っていらっしゃったから、そこまで思い入れがなかった。誰かに自分と共に生きろとおっしゃったのは、あの時が初めてだ」

「もしかして…」

ふと思いついたように、アイオスはディークを見た。

「あのシャハル様を閉じこめていた封印を解く鍵は、それだったのかもしれぬな」

ディークはしばらく考えた後、確かに…、と喉をグッグツ鳴らす。

「ヤツの企みはともかく、スライマンはそこまで邪悪だったとも思えないし、そういう話も聞いていない。何かそれなりに術を解く鍵を用意していたはずだが…、そうだとすると、ずいぶん人間らしい発想だな」

今となっては知る術もないが…、とディークは考え、考え言った。

「でも、お二人とずっと一緒に生きてきたでしょう？」

違う、違うと、ディークは否定する。

「我々はシャハル様にとっては、子供のようなものだ」

「子供？」

「ああ、シャハル様は、海と陸、空を馳せるものを作られた。それが我々だ」

「レヴァイアタンが海、ディークが空でアイオスさんが陸ですか？」

人の姿で走ったとしても、馳せると呼ぶほどの速さが得られるのだろうかと思ったシャハルに、アイオスはその疑問を見越したように微笑んだ。

途端、アイオスの姿がすっと下へと縮み、黒豹《くろひょう》の姿に転ずる。

それにはルカも驚いたが、たまに見かける黒豹がアイオスによく似ていると思っていたこともあって、やはりという気持ちにもなった。

ならば、シャハルが人型のアイオスに時々口づけていたのもわかる。シャハルは黒豹姿の時のアイオスや、ディークにも、折々に唇を寄せ、そっと撫《な》でてやっているからだ。

そうだったのか、とルカはあらためて口許をほころばせた。

「いつもその姿で見かける時には、アイオスさんに雰囲気がよく似ていると思っていたんです」

笑うルカに、アイオスは長く黒い尾をゆらゆらと揺らしてみせる。

「もしかして、エリアスを救いだしてもらった時には…」

「黒豹の姿になって、壁を越えました。普通の人間には、とても超えられない壁です」

縄も何も持っていなかったでしょう、とアイオスは金色に光る目でルカを見上げてくる。

「なので、私とシャハル様の関係は、ルカ様が危惧《きぐ》されているようなものではまったくありません。ご安心ください」

アイオスの指摘に、自分のためらいや戸惑いを知っていたのかと、ルカは薄く赤面する。

「仕方あるまい、あれはシャハル様がお前から何とかして契約を引き出そうと、あの手、この手を使われていた時だ。まぁ、お前も相当頑固だと思うが、それに戸惑うシャハル様もなかなかの見物だったな」

ディークがからかってくる途中、塔の上から声がかかった。

「ずいぶん楽しそうな話をしているな」

甘く華やかな声だが、ディークはなんとも気まずそうな顔となる。

「お前の千里眼は、本当に近いものは見えぬな」

バサリと翼をたたみながら、シャハルが下りてくる。床に足をつけたその次の瞬間には、もう背中の翼は何もなかったかのようにすっと消えてしまっていた。

それをルカは少し惜しむ。力強さのあるシャハルの翼はいつも美しく、もっとずっと見ていたい気分になる。

「お喋りな鳥は、しばらく竈《かまど》の中に押し込んでやるのもいいかもしれない」

シャハルは、自分とは目をあわせようとしない鸚哥の顔を覗き込む。

「籠ではなく、竈ですか？」

「ああ、籠ぐらいだとディークは嘴《くちばし》で壊せてしまうからな」

どこまでが軽口なのか、軽妙なシャハルの口調にも、ディークはかなり表情を強張《こわば》らせているように見えた。

　ディークやアイオスは、シャハルにとって子供のようなものだとさっき聞いたが、これは子供に対する躾《しつけ》にも近いのだろうか。

「いつも、ディークのお喋りには救われます。市場で一緒にいても、楽しいですよ」

　助け船を出すと、シャハルが苦笑する。一応、ディークは許されたようだった。

　ところで…、とシャハルは胸壁に腕をかけ、街の様子を見まわす。

「お前はいつ頃まで、この街で薬を商いたい？」

「いつ頃というと？」

「固定の客もついたと、喜んでいただろう？　だから、この街に長くとどまりたいのかと思った。それでも、歳は取らないから、不審に思われずに商いができるのは二十年ぐらいだろうか。うまくいけば、三十年ぐらいはごまかせるかもしれないが」

　シャハルが同じ場所に長くとどまり続けることはできないだろうと言っていたが、それもあって、どれくらいこの街にいたいかと尋ねているらしい。

「私がこの街にとどまりたいと思ったのは…」

　ルカは少し言いよどみ、シャハルへと腕を伸ばした。

「あなたがここにいるからです。だから、ここにいたいと願っただけです」

　想いを口にするのは、それなりに勇気がいる。

ルカは口にしてみて初めて、これまで、自ら進んで家族以外の誰かと共に一緒にいたいと言ったことがなかったことに気づいた。

気恥ずかしさもあったが、ルカは声に少し熱を込めた。

「父や母以外の家族の誰かと、共にいたいと思ったのはあなただけです」

「何だ…」

シャハルはぼそりと呟き、差し出されたルカの手を取ったが、それでも微妙に照れているように見えた。平静を装っているが、表情がややぎこちない。

「いつ頃までというのは、さっきの結界に関するものですか？」

結界にも期限があるのだろうかと、ルカはシャハルと共に塔の階段を下りながら尋ねてみる。

「いや結界の期限というよりも、探しに行きたいものがあるのだ」

「探しに行きたいもの？」

そうだ、と唇の両端を吊《っ》り上げてみせるシャハルの表情からは、すでにさっきの恥じらいのようなものはかき消えている。

「まずは『スライマンの書』を見つけようと思っている」

「『スライマンの書』？」

「ああ、伝説の書とも言われているがな。スライマンが託され、その秘術によって天使や悪魔を使役したともいわれている謎の書物だ。実在するのか、しないのか、それすらも謎だといわれている。実在しても、凡人には手に取ることも出来ないという者もいる」

「それがどこに？」

「わからないな」

幾重にも塔に沿って折れる階段を下りながら、シャハルは何でもないことのように応える。

「あったとしても、そう簡単には見つからないだろうしな」

「それを探しに街の外へ？」

「ああ、まずは南にある、かつてはイェルシャラーと呼ばれたスライマンの王国のあった場所に、手掛かりを探しに向かいたい」

「…それは、私も一緒に行ってもかまわないのですか？」

尋ねると、逆にシャハルは階段を下りる足を止めた。

「…来ないつもりなのか？」

いつになく静かな尋ね方をされたが、ルカはその普段よりも低い声の中に、どこか恐れにも似た揺らぎがあるのを聞いてとった。

「いえ、置いていかれたらどうしようかと思ったところです。何年もこの街で、あなたの帰りを待たなければならないのかと思って…」

父亡き後、誰も待つ者がいない家で過ごした侘《わび》しさを思い出す。

シャハルに加え、賑《にぎ》やかなディークや穏やかなアイオスと過ごす日々に慣れた今では、あの一人きりの時間には戻りたくないと思ってしまう。

「お前は察しがいいが、すぐに自分よりも人の思いや都合を優先する。もっと、欲しいものは欲しいと、素直に口にしたほうがいい」

シャハルはつっけんどんにも聞こえる口調で言いながら、再び、階段を下りはじめる。

「では、一緒に行けると思っていいのですね？」

ルカは微笑み、その後について下りた。

「だから、いつまでここにいたいかと聞いたのだ。お前の気のすむまでいたら、書物を探しに出る」

シャハルのほうこそ、自分の都合よりもルカの気持ちを慮《おもんぱか》っているではないかとルカは苦笑する。

「私は別に、いつでもいいです。早いほうがいいなら、すぐにでも」

「薬の商いはどうする？　人のために役立つのが嬉しいと言ったのだろう？」

ディークに言ったはずの言葉だが、すでにシャハルの聞き及ぶところになっているらしい。

「どこの村や街にでも、薬を必要とする人はいますから」

それに…、とルカは少し考えた後、口を開いた。

「いずれ薬師としてだけでなく、医師としての技も身につけてみたいのです」

「医師？」

ええ、とルカは頷く。

胸の奥でずっとひそかに考えていたことだった。今なら、そしてシャハルになら、打ち明けても笑われないかと思った。

「この街の医師は、私のいた地方よりもはるかに優れた技術を持っていると聞きました。その医師らははるか東方の地で最新の医術を学ぶのだと、市場の人達が言っていたので」

「ハマダーンあたりかな？　なかなか遠いぞ」

シャハルは艶然と微笑む。

「ええ、いずれ…という話です。もし、私がこれから先も長く生きるとするなら。そうすれば、いずれは私の両親のような、薬師の技術では助けられない人も、助けられるようになるかもしれない…、そう思って…」

「悪くない」

シャハルは腕を差しだしてくる。

「お前は、少しは希望や欲を持ったほうがいいと思っていた」

「急ぎませんので」

ルカはそのシャハルの手を取りながら、慌ててつけ加える。

「私の方は急いでないので、先にその『スライマンの書』を探しに行きましょう」

そうか、とシャハルは嬉しげに頷く。

「じゃあ、先に『スライマンの書』を探しに出よう」

ジアの塔を出る前に、シャハルは指を一つ鳴らした。これでルカとシャハル、そして、その後を歩いてくる人型に戻ったアイオスと肩に乗ったディークの姿は目立たなくなったらしい。

ざわめく市場へと足を向けながら、ルカは尋ねる。

「その『スライマンの書』は、何か大切な書物なのですか？」

「ああ、ヤツにそそのかされて、私をこの街の下へと閉じこめたのが、天使や悪魔を使役することができると言われていたスライマン王だ。『スライマンの書』というのは、そのスライマンの術の奥義が書かれていると言われている」

「魔法書のようなものですか？」

「まぁ、そんなものだな。一説には、その『スライマンの書』そのものに力があり、手にした者はその力を授けられるとも言われている。まぁ、これは眉唾《まゆつば》な話だが」

話すシャハルは生き生きしている。銀色の瞳も、普段よりもさらに艶やかに煌《きら》めいていた。

「まずは、そのスライマンが使った術について知りたい。そこに、ヤツの得体の知れない術を読み解く鍵があるはずだ」

アジザーラの名を口にすると、ヤツを呼びつけることになるといわれているから嫌だと、シャハルはその名を口にしようとしない。

「自分から、あの魔物に近づくのですか？」

市場で出会った、祖父の言っていた『邪眼の魔物』にも似たおぞましい存在を思いだし、ルカは眉を寄せた。あの禍々《まがまが》しさは、やはり口にはしがたいものだった。

「危険ではありませんか？」

自分はともかくとして、千年以上も閉じこめられるほどに執着されているシャハルが何よりも心配だと危ぶむと、シャハルはニィッと笑った。

「私があいつのせいで、どれだけの時間をここで無為にしたと思っている？」

笑うシャハルの黒髪がゆらゆらと揺れ、裾からその身体に巻きつくように持ち上がって、その憤りのほどが知れた。

「どうしてくれようか。地中の最奥、いや、誰も訪れないような乾いた砂漠の奥底に閉じこめてやろうか、それとも火山の溶岩の中で、何万年と炙《あぶ》られ続けるようにしてやろうか。何かもっと、あいつが苦しむ方法はないかな…」

シャハルの瞳がうっすらと金色へと転じはじめる。笑ってはいるが、口の中であれこれとアジザーラをどのようにして苦しめ続けるかを算段し続ける形相は、凄まじいものだった。

シャハルの憤りの程を知り、ルカはひとまず口をつぐむ。千年以上もあそこに閉じこめられたというシャハルの苦痛は、ルカの知り及ぶところではない。

シャハルとて、許せ、忘れろと言われたところで、簡単には許せるものではないだろう。

「ともかく」

シャハルは気を取り直したのか、にっこりと笑みを作り直した。

「まずはヤツを知るところから、始めようと思う」

再び笑える余裕は、解放され、力を取り戻せたことからくるものだろうか。

「それまでに、近づかれるようなことはありませんか？」

「今のところ、このあたりに不穏な気配はない。それに、私も以前のように油断はしない。この間、家の中に入り込まれた時の進入路も結界で塞いだ」

第一、あの時は完全に力が取り戻せていなかったと、シャハルは手をかざし見るような仕種をしてみせた。

その指や手から、細かい金の粉のような粒子がふわりふわりと舞うのが、ルカにもわかる。

「だが、お前の医術を学びたいという願いも叶えたい」

賑わう街角で、シャハルは楽しげにルカを振り返った。

「私といることを後悔させない。お前には、これまでの分も幸福であってほしいから」

ルカの瞳を覗き込むようにして、父や母、そしてこれまでの村での話を静かに、時には楽しげに聞いてくれた悪魔のやさしさに、ルカは微笑んだ。

「後悔はしません、あなたと共に生きることを」

そう言うと、シャハルは嬉しげに頷いた。


高い天窓の向こうに、細い月がかかっているのが見える。雲ひとつない夜で、夜空には煌めく星々がいくつも見えた。

手燭《てしょく》を手にしたルカは、この家が好きだったなとその夜空を見ながら思った。

近々、この街を出ることになるのだろう。

シャハルとディークは空を飛べるが、ルカとアイオスはそうはいかない。ある程度はシャハルの力で難路や、荒れ地などを越えることはできるが、基本的には陸路でシャハルの言っていた南のイェルシャラーという都まで向かうのだという。

砂漠は駱駝《らくだ》で越えてゆく、と楽しげに言ったのはシャハルだ。

水や飲み物の調達には苦労しないので、普通に旅するよりも楽だし、イェルシャラーまでの道のりも早いとは思うが…、とシャハルは案じてくれていた。ひとつの土地に執着しないシャハルは旅そのものも楽しいようだが、あまり旅慣れていないルカを心配してくれているらしい。

奴隷用の檻馬車に三ヶ月も閉じこめられれば、旅の心証も悪かろうとシャハルは言う。なので、旅の準備は少し時間をかけて入念に整えると言っていた。

この家に住むのは、あとどれぐらいだろうかとルカは目を細める。

「ルカ」

シャハルが寝室の帳《とばり》を手で掲げ、招く。

布の隙間から、甘く芳《かぐわ》しい香りが漂う。

「天窓の向こうに細い月が見えます」

寝台の脇のテーブルに手燭を乗せながら、ルカは微笑んだ。

「あの月も長く恨めしく見ていたが、今はそれなりに風情もあるな」

「あなたが恨めしいだなんて」

ルカはシャハルに手を引かれて寝台に腰を下ろしながら、苦笑する。

形のいい眉を寄せて月を睨《にら》むシャハルが目に浮かぶようだが、その時のシャハルは最初に出会ったあの老人の姿だったろうから、ルカの想像とはまた違うのだろう。

「それなりに腐っていたさ」

千年以上ともなると、飽きるほど長いからな…、とシャハルはぼやく。

「でも、私はこの家が好きでした。楽しい思い出ばかりですから」

「楽しい？」

シャハルは黒髪をかき上げる。

揺れる炎に浮かび上がる横顔に、ルカはしばらく見惚れた。

「ええ、清潔で心地のいい。きっと、ここにあなたがいたからですね」

シャハルは少しはにかんだような笑い方を見せると、そっとルカの頬《ほお》に口づける。

「お前がそういうのなら、私も救われる。ヤツに宝石箱などと言われたせいで、ここにはもう戻らないつもりでいたが…、残しておいてもいいのかもしれない」

「あの素晴らしい街の模型もありますし、帰る場所があるというのはいいことだと思います」

ルカの言葉に、シャハルはどこか痛いような顔を見せた。

「お前の言葉は、いつもどこか私の胸の内に響く。歌でもないのに、なぜだろうな？」

シャハルはそっとルカの頬に触れてくる。

「お前の語る言葉が好きで、お前の奏でる素朴なナイの音色が好きだ。そして、お前の存在に癒される…、これは何なのだろうな…」

最後はほとんど自問のように、シャハルの言葉はその唇の奥に消える。

「これから先も、お前を見ていたい、ずっと…」

何なのだろう…、とまた呟き、シャハルはルカの輪郭《りんかく》をそっとなぞる。

「あなたは、どれだけ私があなたに救われているか知らないでしょう？」

ルカはその指に自分の指を重ねた。

「これから、ずっとあなたと一緒にいられる。それが私にとって、どれだけ嬉しいことか…」

ささやくと、シャハルは嬉しそうに唇の両端を上げてみせた。

「そうか…」

まだ、何か言いたげだったが、シャハルはそこから先を続けなかった。

ゆっくりと自分の上に覆いかぶさってくる身体を抱きとめながら、ルカはそのなめらかな黒髪を撫でた。

これからずっと、長く旅に出ることになるのかもしれない。

そして、色々なものを一緒に見るだろう。

故郷の村にいた時には想像もしなかったが、今、間違いなく自分は幸せだ。

「何を笑う？」

唇を合わせ、目を細めて悪戯《いたずら》っぽく尋ねてくるシャハルに、ルカは微笑みかけた。

「いえ、今、幸せなのだなと思って」

「そうか」

シャハルはルカの鼻筋をそっと指先で撫でると、自分の形のいい鼻筋をすり寄せてきた。

「お前がそう思うなら、それでいい…」

温かくしなやかな身体を腕の中に抱き、ルカはシャハルと再び唇をあわせた。

END

あとがき

こんにちは、かわいです。およそ二年ほどお休みしてたので、すごく久しぶりな新刊になります。お手にとっていただき、ありがとうございます。

多分、人生二度目のアラブです（あまり記憶に自信がない）。あいかわらず、アラブの使い方を間違ってて申し訳ない。もっと、スーパーセレブな傲慢攻め様が自己中に大活躍する王道をいかねば、アラブではない気がします。

当初、ルカは華奢な金髪美少年、シャハルが死ぬほど傲慢な黒髪俺様なシャイターンな予定だったのですが、何か違うぜと思って書き換えたので、冒頭のルカの脱走シーンにその設定の名残がございます。もしかして、元設定の方が王道に近かったのかもしれません。

そして、私と同世代の方は薄々お察しかもしれませんが、三人（？）のしもべというのか、三つのしもべは『バビル二世』から。私的には、ロデム一押し。もう、大好き。私に三つのしもべがいれば、多分、ロデムしか呼ばない。というより、ポセイドンとロプロスの使い所がよくわからない。旅行にしか使えないんじゃないかなと、今、ほんのり考えてみたのですが、使った時点で各国から戦争行為とみなされて、ミサイルを撃ち込まれてしまいそうです。

ロデムが人間の姿を取る時には、ハンティング帽をかぶった男の人の姿をしていて、いまだに「バビル様」と語りかける硬質な落ち着いた声が頭の中に凄く鮮明に再現できる！…と思っていたのですが、ロデムが人の形を取った時には女性の姿をしているのが有名だそうで…、どうもハンティング帽をかぶった男は敵のモブキャラっぽい？？？　また、いつものようにナチュラルに記憶を混同しているのかな？　今、確認してみたら、声は野田《のだ》圭一《けいいち》さんが担当されてたようで、じゃあ、声についての記憶は間違ってないなと。多分、ロデムを側に呼びたいのは、野田圭一さんのシリアスバージョンの声であれこれ言ってくれる忠実で強い執事さん（すでにしもべを逸脱、むしろ、私の方がしもべ）が欲しいんだなと、自己解決いたしました。

今回、挿絵を担当くださった、えまる・じょん先生、とても妖艶で美しいイラストをありがとうございました。とてもラッキーなことに、カラー口絵の着色作業をＰｉｘｉｖで拝見することができました。すごく細かく、時には大胆に美しく色が乗せられていく様子は、本当に見ていて嬉しく、楽しい時間でした。プロの方が色を乗せられてゆく作業って、普段はほとんど見ることもないので貴重な体験をさせていただきました。ありがとうございます。

さらには、担当様。すごく長丁場な作業となりましたが、またご一緒できて嬉しいです。

そして、ここまでおつきあいいただいた皆様方に、今後は滞っていたスケジュールを順番に着実にこなすことを目標としておりますので、どうぞよろしくお願いします。

かわい有美子《ゆみこ》

この本を読んでの
ご意見・ご感想を
お寄せ下さい。

〒151-0051
東京都渋谷区千駄ヶ谷4-9-7
(株)幻冬舎コミックス　リンクス編集部
「かわい有美子《ゆみこ》先生」係／「えまる・じょん先生」係

リンクス ロマンス

月の旋律、暁の風

2018年6月30日　第1刷発行

著者……………かわい有美子《ゆみこ》
発行人…………石原正康
発行元…………株式会社　幻冬舎コミックス
〒151-0051　東京都渋谷区千駄ヶ谷4-9-7
TEL 03-5411-6431（編集）
発売元…………株式会社　幻冬舎
〒151-0051　東京都渋谷区千駄ヶ谷4-9-7
TEL 03-5411-6222（営業）
振替00120-8-767643
印刷・製本所…株式会社　光邦
検印廃止

ISBN978-4-344-83829-1 C0293
Printed in Japan

幻冬舎コミックスホームページ　http://www.gentosha-comics.net

本作品はフィクションです。実在の人物・団体・事件などには関係ありません。